MON PETIT COEUR DE PIERRE

Lucile
Caron-Boyer

hachette
ROMANS

Couverture : Hachette Romans Studio
Visuel : © Juliana Vido / OFFSET

[redacted]

Hachette Livre, 58 rue Jean Bleuzen, 92170 Vanves.

Chapitre 1

Le jour de la rentrée, j'ai eu la plus grosse surprise de ma vie.

Et quand je dis grosse surprise, attention, c'est loin d'être à la hauteur de ce que j'ai ressenti.

J'ai retrouvé Tom dans la cour. On s'était donné rendez-vous la veille, par SMS. Je l'ai localisé sans problème, il avait encore pris au moins quinze centimètres pendant les vacances et il dépassait tout le monde d'une tête. Sa chevelure rousse dominait la foule comme une flamme flottant sur un océan capillaire. Ça m'a fait rigoler. Quand je suis arrivée devant lui, j'avais encore un grand sourire sur les lèvres et il m'a demandé :

— Ça te met de si bonne humeur de revenir en cours ?

— Non, c'est toi qui me mets de bonne humeur.

— Mais j'ai encore rien dit !

— T'as pas besoin de dire quoi que ce soit.

Il a un peu tiqué.

— C'est ma tronche qui te fait rire ?

— Non, t'es beau comme un dieu.

C'était ma réplique fétiche, celle que je lui sortais à tout bout de champ, ça remontait à des années. En fait, ça remontait exactement au jour de notre rencontre. C'était un jour de rentrée, là aussi. On avait atterri dans la même classe de CE1, les deux nouveaux de l'année, les seuls à ne connaître encore personne. Dès la première récré on s'est retrouvés un peu à l'écart, côte à côte, mais on n'osait pas se parler. Les adultes croient toujours que, pour les enfants, c'est super facile de se faire des amis, c'est à se demander s'ils sont tous amnésiques.

Ou menteurs.

Puis la cloche a sonné. On a commencé à se diriger vers la porte de notre salle de classe et, là, un groupe de garçons est passé devant nous en ricanant. Ils ont continué, en se retournant de temps en temps pour jeter des coups d'œil à Tom. Finalement, l'un d'eux a lancé :

— Tu sais, tu devrais te laver le visage, t'as des taches partout.

J'étais juste à côté de lui. J'ai vu son mouvement de recul et ses yeux qui se sont mis à briller un peu trop fort. Alors je me suis penchée et j'ai chuchoté dans son oreille :

— Moi, je trouve que t'es beau comme un dieu.

J'avais entendu cette expression un matin en allant chercher le pain à la boulangerie. La cliente devant moi avait un petit garçon, endormi dans sa poussette. C'est vrai qu'on aurait dit un ange. La boulangère s'était penchée au-dessus du comptoir pour le contempler et elle avait lâché d'un air tout ému :

— Il est beau comme un dieu, ce petit !

Beau comme un dieu. L'expression m'avait plu, j'aimais l'utiliser dès que j'en avais la possibilité, ce qui n'arrivait pas souvent. Ce jour-là, dans la cour d'école, je m'en suis servi parce que je me doutais que ça lui ferait du bien. Mais aussi parce que c'était vrai. Ses taches de rousseur qui recouvraient tout son visage comme une constellation d'étoiles, moi je trouvais ça beau et poétique.

Et ça a été le tout début de notre amitié.

On est tombés dans les bras l'un de l'autre. On ne s'était pas vus de tout l'été, deux mois et demi, et on n'avait presque pas pu s'appeler, vu qu'il était à l'étranger pendant tout ce temps. Le sevrage avait été difficile.

— Dis donc, t'as pas beaucoup bronzé pour quelqu'un qui vient de passer deux mois au soleil !

— Écran total indice 140, ma mère l'a fait produire exprès pour moi.

J'ai ricané et il a ajouté, très pince-sans-rire :

— Sans oublier le bob et les lunettes de soleil.

— Waouh, tu devais être craquant, je veux dire encore plus que d'habitude. Je regrette de ne pas avoir vu ça.

— Te fais pas d'illusions, j'ai déjà détruit toutes les photos.

La mère de Tom, Julie, est adorable, mais elle est aussi légèrement anxieuse. Elle flippe pour un peu tout et n'importe quoi, le mercure dans les poissons, les conservateurs dans les bonbons, les pesticides dans les savons… Chaque fois que je la vois, elle m'avertit d'un nouveau danger potentiel et je fais semblant de l'écouter, ça la rassure de savoir que je vais arrêter de boire du soda (ça peut provoquer des cancers), que je vais observer une distance minimale de soixante-douze centimètres entre mon portable et mon oreille (ça peut provoquer des cancers) et que je ne vais pas mettre des plats en plastique dans mon micro-ondes (ça peut provoquer des cancers). Des fois même, je le fais vraiment. Je trouve ça mignon qu'elle se fasse du souci pour moi, mais au quotidien ça doit être un peu fatigant. Tom en a pris son parti. De toute façon, c'est dans sa nature. Tom est cool. Tom est la coolitude incarnée. Enfin, il l'est devenu, parce que c'était pas gagné au départ. Quand on a fait connaissance, la fameuse année du CE1, c'était même plutôt le contraire. Il avait changé d'école parce que, dans l'ancienne, il avait fini par devenir le souffre-douleur en titre. Ça faisait deux ans qu'il s'en prenait plein la gueule à cause de ses cheveux pas de la bonne couleur et de ses taches de rousseur. Deux ans qu'on lui disait toute la journée qu'il était moche et pas comme les autres, vingt-quatre mois que personne ne voulait jouer avec lui, cent quatre semaines qu'on ricanait en permanence sur son passage. C'est long.

Quelqu'un d'autre ne s'en serait peut-être pas sorti aussi bien.

Sa chance, ça a été de me rencontrer. J'ai été son rempart contre la bêtise des autres.

Enfin, ça, c'est ce que je lui dis toujours. En vrai, je suis sûre que c'est moi qui ai eu de la chance de le rencontrer.

Non, en fait, on a eu de la chance tous les deux.

On s'est dirigés ensemble vers les panneaux d'affichage où étaient punaisées les listes de classes avec le nom du professeur principal. Tom fendait la foule sans difficulté, me traînant derrière lui comme un remorqueur. On n'a pas mis longtemps à trouver.

On était ensemble, ça, ce n'était pas une surprise. On s'arrange toujours avec les options pour ne pas risquer de se retrouver séparés. Il suffit de choisir un truc pas trop populaire et comme ça il n'y a qu'une seule classe pour la matière. C'est ce qui explique que l'on se soit retrouvés à faire portugais en LV2 et option latin pour assurer le coup.

Par contre, la mauvaise nouvelle, très mauvaise même, c'était le nom de la prof principale. On avait gagné à la loterie, pour la deuxième année consécutive, on allait devoir supporter Mme Valium.

Elle s'appelait en fait Mme Vallien, mais Valium lui allait tellement mieux !

Pour ceux qui ne le sauraient pas, le Valium est un calmant puissant, et on peut dire qu'elle nous calmait puissamment, cette chère Mme Vallien.

Le surnom lui collait aux basques depuis bien avant notre arrivée dans le collège, c'est dire si elle avait des heures d'entraînement derrière elle. Elle enseignait les maths. Enfin, elle essayait, parce que je ne pense pas qu'elle ait jamais réussi à faire comprendre quoi que ce soit à qui que ce soit. Elle se contentait de réciter d'une voix monocorde le cours du manuel (on sait jamais, certains élèves ne savaient peut-être pas encore lire) puis de nous donner les numéros des exercices à faire. Tom a pris tout ça avec philosophie :

— On s'en est sortis l'année dernière, on s'en sortira cette année.

C'était facile à dire, les maths c'est évident pour lui, il pige tout tout de suite.

Heureusement d'ailleurs, c'est lui qui m'aide chaque fois que je décroche, il est nettement plus doué que Valium pour expliquer.

Quand nous sommes entrés dans la classe, elle était déjà à son bureau. Pendant quelques secondes, elle m'a fait de la peine tellement elle respirait la tristesse et la lassitude : si la dépression avait eu un visage, ça aurait été le sien à ce moment précis. Elle avait toujours cette improbable coupe de cheveux, un carré mi-long avec la raie au milieu, ces lunettes rondes et son gilet boutonné jusqu'au menton qu'elle portait de septembre à juin. Je sais pas trop comment elle réussissait ce tour de force, mais elle ressemblait à la fois à une petite fille et à une vieille dame acariâtre. Puis elle a levé les yeux, a poussé un soupir excédé, et soudain elle ne m'a plus du tout fait de la peine. Je ne sais pas pourquoi cette femme continuait à venir en cours. Visiblement elle estimait qu'être là, c'était gâcher sa vie. Et au passage elle gâchait aussi la nôtre, quatre heures par semaine.

Nous avons retrouvé la plupart de nos camarades de l'année passée. Les deux grandes gueules, Quentin et Lila, qui ne laissaient jamais passer une occasion de faire rire, même si cela pouvait leur valoir de gros ennuis. Le très antipathique Nicolas, qu'il était si facile de détester. Le banc de sardines, cinq filles tout à fait interchangeables qui ne réagissaient qu'à des stimuli comme un nouveau rouge à lèvres ou un changement de coiffure. On les avait surnommées ainsi parce qu'elles brillaient au soleil avec leurs maquillages irisés, leurs bijoux et leurs tee-shirts à paillettes et parce qu'elles se déplaçaient exclusivement en groupe. Maxime était là aussi, le mystérieux Maxime, que j'avais fini par percer à jour, gentil nounours planqué derrière sa mèche et ses tee-shirts ornés de têtes de mort, de zombies ou de taches de sang. Et puis il y avait tous les autres, plus ou moins sympas, plus ou moins brillants, plus ou moins calmes.

Au milieu de la masse des têtes connues, j'ai repéré tout de suite une nouveauté. Un garçon qui s'était assis en plein milieu de la salle. J'ai trouvé ça courageux. Je l'ai désigné à Tom d'un mouvement qui se voulait discret, mais il m'a fait un clin d'œil.

— Déjà vu !

J'aurais dû m'en douter, plus observateur que Tom, ça n'existe pas.

On s'est assis côte à côte, forcément. Notre place habituelle, plutôt vers le mur du fond, côté fenêtres.

C'était reparti pour une nouvelle année.

Valium nous a anesthésiés avec sa maîtrise habituelle, en même pas dix minutes on était tous à moitié endormis. Elle nous a dicté notre emploi du temps (pas tip-top, les horaires) et nous a expliqué comment se dérouleraient les épreuves du brevet à la fin de l'année. Même pour ça, elle n'était pas douée. On a attendu que ça se passe.

À la récré, Lila est venue nous voir pour nous annoncer d'un ton triomphant :

— Hey, les amis, vous savez qu'on a Mister Sexy en SVT ?

— Je croyais qu'on avait M. Aymet, un nouveau.

— Ouaip, M. Aymet, alias Mister Sexy. Avec lui, les SVT, ça devient chaud, chaud, chaud !

Tom a eu l'air très déçu.

— Et pour les garçons ?

— Désolée, j'ai rien en magasin pour vous !

Et elle est repartie colporter la bonne nouvelle.

Le cours suivant était celui de SVT, justement. C'est là que j'ai eu droit à ma grosse surprise. La rumeur concernant Mister Sexy avait eu le temps de faire trois fois et demie le tour du collège et il régnait une certaine fébrilité dans la classe. En tout cas en ce qui concernait la composante féminine, à part moi, bien sûr, mais ça c'est normal. Tom pense que j'ai un déficit hormonal à ce niveau. Les garçons, ça ne m'intéresse pas des masses. Par contre, la bande des sardines frétillait, c'était d'ailleurs assez intéressant à observer comme phénomène. Le prof est arrivé en retard. Le temps qu'il se pointe, on avait eu le temps de s'asseoir et de commencer à discuter. Plus les minutes passaient, plus le volume augmentait. Quand Mister Sexy a enfin daigné se montrer, les conversations ont vite cessé.

Moi, je me suis pris la claque de ma vie.

Et pour cause, Mister Sexy était mon père.

Chapitre 2

Je suis restée scotchée pendant quelques minutes. Le temps que je reprenne mes esprits, Mister Sexy en avait profité pour se présenter, nous parler du programme et nous demander de nous procurer quelques fournitures supplémentaires. Tout le monde avait sorti son agenda pour noter. Tout le monde, sauf moi. Tom a fini par s'apercevoir de mon inertie et il s'est tourné vers moi.

— Tu roupilles encore ? Il est pourtant moins barbant que Valium, celui-là.

Je suis enfin sortie de mon demi-coma. Tom avait déjà vu la photo de mon père et je m'attendais à ce que ça lui saute aux yeux, mais il n'avait pas l'air de tilter. Je lui ai quand même demandé :

— Il ne te fait pas penser à quelqu'un ?

Il n'a même pas cherché à comprendre.

— Je suis pas très branché people, tu sais…

— Allez, s'il te plaît ! Regarde-le bien.

Cette fois, il l'a observé un peu plus attentivement.

— Non, je suis désolé, je ne vois pas. Peut-être Laurent Delahousse.

— C'est qui, ça ?

— Un présentateur du journal télévisé, assez canon d'après ce que dit ma mère.

— Connais pas.

Normal, à la maison on ne regarde jamais le journal, maman dit toujours que, de toute façon, les nouvelles importantes finissent par vous arriver aux oreilles, les autres, on peut s'en passer.

— Alors tu trouves ?

— Non, je donne ma langue au chat.

Bon, ce n'était pas si étonnant après tout. Contrairement à moi, Tom n'avait pas gaspillé des après-midi entiers à scruter l'unique vieux portrait que ma mère avait conservé, à la recherche d'une petite ressemblance qui aurait pu établir un lien invisible avec ce père disparu. Il n'avait pas passé des heures en tête à tête avec ce visage volontaire, ces yeux bleu azur dont je n'avais malheureusement pas hérité et surtout ces trois minuscules grains de beauté dessinant un parfait triangle isocèle au beau milieu de sa joue droite. Je connaissais mon père par cœur. En tout cas sa tête, parce que la photo dont je disposais était cadrée juste au-dessus de ses épaules.

Je me suis lancée et j'ai soufflé :

— C'est mon père.

Tom a arrêté de faire semblant d'écouter le prof et il s'est tourné vers moi, oubliant soudain toute discrétion.

— Mais, Marion, tu dis n'importe quoi !

Je ne sais pas ce qui m'a pris, j'ai demandé :

— Et pourquoi ?

— Heu… parce qu'il est mort, tu te souviens ?

Il ne faisait plus du tout attention au prof, et il avait l'air super inquiet, mon pauvre Tom.

Merde, comment j'avais pu oublier ce détail !

C'est alors qu'on s'est fait gentiment rappeler à l'ordre par l'objet de notre conversation.

À la pause de midi, on n'a pas trop pu discuter, c'était le premier jour de classe, on ne pouvait guère s'isoler sans se faire chambrer. On avait beau s'en défendre, notre relation purement amicale restait suspecte aux yeux de certains de nos camarades. Lila, notamment, s'entêtait à nous appeler « le vieux couple ». Plus on démentait, plus ça attisait les rumeurs, on avait fini par décider de laisser courir et les allusions s'étaient à peu près calmées.

Pendant que les autres se racontaient leurs vacances, je suis restée silencieuse et j'ai ruminé le truc dans ma tête en long et en large. Je voyais bien que Tom me surveillait, l'air de rien. Quand la sonnerie a retenti, alors qu'on partait pour notre premier cours de portugais, il m'a retenue par le bras et a laissé les autres nous distancer de quelques mètres.

— Marion, ça ne peut pas être ton père, tu le sais, hein ?

J'ai acquiescé à contrecœur. Bien sûr que ça ne pouvait pas être lui, mais tout de même, la ressemblance était plus que troublante. Tom a tout de suite perçu mon hésitation. Au lieu de s'agacer de mon entêtement, comme l'aurait fait n'importe qui d'autre, il m'a simplement dit :

— Tu sais quoi ? Quand tu rentreras à la maison ce soir, tu iras chercher la photo de ton père et tu verras que ça se limite à un vague air de famille.

Devant mon air encore sceptique, il a rajouté :

— À ce qu'il paraît, on a tous au moins un sosie sur la planète. M. Aymet est peut-être celui de ton père.

J'avais déjà entendu dire ça, mais là, sur l'instant, j'avais pas envie d'y croire.

— Tu as des preuves scientifiques irréfutables avérées ?

Ça l'a fait rire. C'était déjà ça. Moi j'avais plutôt envie de pleurer. Je ne voulais pas qu'on démonte mon rêve avant même qu'il ne prenne corps. Je ne voulais pas de réveil brutal.

— J'ai lu ça sur Internet.

— Ah, d'accord, dans ce cas je m'incline...

Il n'a pas eu l'air de remarquer toute l'agressivité contenue dans ma remarque.

— Contente-toi d'aller vérifier sur la photo, je suis sûr que tu te rendras compte qu'ils ne se ressemblent pas tant que ça.

Le collège avait recruté pendant les vacances, nous avions droit à un nouveau prof de portugais aussi. Un jeune, enfin jeune pour un prof. Il avait l'air content d'avoir autant d'élèves dans sa classe, on était seize. Il nous a expliqué que, dans les deux autres collèges où il était affecté cette année, il avait une classe de onze et l'autre de neuf, on constituait donc son meilleur score. On a les victoires qu'on peut. Après, il nous a un peu raconté sa vie, puis nous a demandé de nous présenter à tour de rôle, en portugais bien sûr. L'exercice n'était pas aussi facile qu'il en avait l'air, même si nous avions vu tout cela l'an dernier. Les premiers à se lancer n'ont pas eu de chance. Nous on se trouvait en milieu de salle, on a pu voir venir et s'inspirer des restes de connaissances de ceux qui nous avaient précédés. J'étais assez contente de ma prestation, Tom s'en est pas trop mal sorti non plus. À la rangée suivante, juste derrière moi, il y avait le nouveau.

— *Bom dia, me chamo Alex.*

Son accent était plus que parfait. Le prof lui a lancé un regard intrigué et lui a posé une question que personne n'a comprise et le nouveau lui a répondu avec la même facilité.

Je me suis retournée et il m'a fait un immense sourire, plein de magnifiques dents très blanches. J'ai ressenti quelque chose, comme si mon déficit hormonal s'était comblé d'un seul coup.

Tom a profité du trajet jusqu'à la salle d'arts plastiques pour se présenter à Alex.

— Salut, moi c'est Tom.

— Alex.

— Tu viens d'arriver dans le coin ?

— Oui. Je viens de déménager.

— Tu te débrouilles plutôt bien en portugais.

— J'ai pas vraiment de mérite, tu sais, ma mère est née au Brésil, on a encore plein de famille là-bas et j'y vais parfois en vacances.

J'ai enfin osé prendre la parole et j'ai lancé d'un air entendu :

— Ah, le Brésil ! La samba, le foot, Acapulco…

Alex m'a lancé un regard amusé :

— Acalpuco, je crois que c'est au Mexique.

J'ai eu envie de disparaître, de remonter le temps pour avoir la possibilité de fermer ma grande bouche, voire de mourir sur place.

— Tu dois confondre avec Copacabana. Ça arrive souvent, a-t-il ajouté avec son sourire thermonucléaire.

Maman n'était pas à la maison quand je suis rentrée après cette première journée de cours. J'en ai profité pour filer dans sa chambre et regarder dans le tiroir de la table de chevet, là où je pensais qu'elle gardait la photo de papa, mais je n'ai rien trouvé. Enfin si, je suis tombée sur un plan de métro, un vieux flacon de sirop pour la toux, deux vernis à ongles périmés et quelques bijoux en toc, mais pas la moindre photo.

Je me suis assise sur son lit pour réfléchir. Peut-être que maman avait fini par s'en débarrasser ?

La dernière fois qu'on avait abordé le sujet, j'avais bien compris que quelque chose avait changé. C'était juste au moment de notre déménagement. On avait quitté le deux-pièces qui me servait de maison depuis mon apparition sur cette terre, douze ans auparavant. Il était bien trop petit, en mauvais état (parce que le propriétaire traînait toujours les pieds pour effectuer des travaux) et pas pratique d'accès, n'empêche, ça m'avait déchiré le cœur le jour où je l'avais vu vide. C'était un peu comme un pull plein de trous et plus du tout à la mode que tu répugnes à jeter parce que tu te sens trop bien dedans. Cet appart, c'était mon environnement naturel, j'y avais grandi et j'y étais heureuse malgré tous ses défauts.

Maman avait réussi à trouver un plan en or. En tout cas, c'est comme ça qu'elle me l'avait présenté. Une connaissance d'une de ses collègues de travail mettait en location le premier étage de sa maison toute proche du centre. Quand elle m'en avait parlé la première fois, je n'avais pas sauté de joie, loin de là. Je trouvais ça plutôt bizarre, l'idée d'habiter chez quelqu'un, mais maman sait être convaincante. Elle m'avait vanté les deux grandes chambres, plus un petit bureau dont elle me laisserait l'usage, la cuisine ouverte sur un beau salon où notre précédent logement aurait tenu à l'aise et, surtout, le fait que la maison en question se trouvait beaucoup plus près de chez Tom et à cinq cents mètres du collège. C'était l'argument choc. Pour moi, la marmotte, toujours en manque de sommeil, ça signifiait la possibilité de me lever une heure plus tard chaque matin. Une heure de sommeil en plus par jour, cinq jours par semaine, je vous laisse faire le calcul. Et Tom pas trop loin, c'était la cerise sur le gâteau.

On a donc emménagé dans notre nouveau chez-nous. Je me souviens que je venais de terminer de déballer mes cartons, je n'avais pas mis bien longtemps, ma précédente chambre était si petite que j'étais pratiquement obligée de jeter un objet chaque fois que je rapportais un nouveau truc à la maison. Ça évitait d'accumuler. Je suis allée rejoindre maman, je l'ai trouvée assise par terre. Elle tenait le portrait de papa dans les mains et elle avait l'air ailleurs. J'ai attendu un petit moment avant qu'elle remarque ma présence. Quand elle m'a enfin vue, elle a tapoté le sol à côté d'elle et je suis venue m'asseoir sur la moquette. Je pensais qu'elle allait installer la photo sur sa table de chevet, là où elle avait toujours été, mais, au lieu de ça, elle a continué à la tripoter un petit moment puis elle a fini par lâcher :

— J'ai quelque chose d'important à te dire, ma puce.

Elle avait vraiment une drôle de voix et ça m'a fait un peu peur. Je me suis aperçue que je retenais mon souffle, alors j'ai recommencé à respirer, c'est quand même meilleur pour la santé. Le silence a duré un moment et mon imagination s'est emballée, je me suis fait un trip licenciement-maladie-maladie grave-maladie en phase terminale.

Quand maman a fini par se décider, elle a simplement dit :

— Je crois que je vais la ranger.

J'étais tellement soulagée que j'ai trouvé ça sans importance.

— Ah, OK, si tu préfères.

Je lui ai fait un gros bisou et je suis partie à la cuisine me faire un goûter énergétique. J'en avais bien besoin après toutes ces émotions.

C'était la dernière fois que j'avais vu la photo de mon père.

Tom m'a téléphoné une demi-heure plus tard.

— Alors, c'en est où ton enquête, Sherlock ?

Je lui en ai un peu voulu de prendre les choses à la rigolade, et puis je me suis souvenue que c'était aussi ce que j'apprécie le plus dans sa personnalité, cette façon bien à lui de refuser de se prendre la tête.

— C'en est nulle part, je retrouve pas la photo.

— Faut demander à ta mère.

— C'est ce que je comptais faire dès qu'elle sera là.

— Elle n'est pas encore rentrée ?

— Apparemment pas.

Maman avait changé de poste depuis quelques mois, et elle était plutôt contente. D'après ce qu'elle me disait, l'ambiance de travail était meilleure, elle s'était bien intégrée, mais les horaires étaient beaucoup plus lourds que dans son précédent job. Il lui arrivait souvent de rentrer longtemps après moi, ce qui n'était plus vraiment un problème puisque j'avais largement atteint l'âge de me garder toute seule.

J'étais ravie qu'elle s'éclate, je la trouvais plus épanouie qu'avant. J'avais pris l'habitude de commencer à préparer le repas lorsqu'elle n'était pas encore arrivée à dix-neuf heures. Je devenais une pro de la cuisine : tagliatelles, spaghettis, coquillettes, macaronis, je maîtrisais tout cela à la perfection. Je venais d'installer nos assiettes sur la table lorsque j'ai entendu du bruit sur la terrasse. Je me suis précipitée et j'ai ouvert la porte. Maman était bien là.

Et elle n'était pas seule.

Chapitre 3

Je n'avais jamais vu le type qui se tenait à côté d'elle. Si ça avait été le cas, je ne l'aurais pas oublié. Il avait une moustache énorme, un machin hirsute qui lui mangeait la moitié du visage. Le genre de moustache qu'on ne croise pas tous les jours.

— Ma puce ! Je suis désolée, je n'avais pas vu passer l'heure.

Elle m'a collé un bisou sur la joue puis s'est tournée vers monsieur Poils.

— Je te présente Hervé, c'est un collègue de travail, je l'ai invité à dîner.

Je ne l'ai même pas salué, je l'ai juste observé.

— J'ai déjà fait à manger. Il y en aura pas assez pour trois.

C'est sorti tout seul comme ça, et ce n'est qu'après avoir prononcé les mots que je me suis rendu compte que ce n'était pas une réponse très appropriée.

Maman a eu l'air surprise, elle s'est tournée vers Hervé et a eu un geste d'excuse.

— On en fera un peu plus, ce n'est pas grave.

J'avais conscience que j'aurais pu rattraper le coup en faisant un grand sourire et en allant simplement remettre de l'eau à bouillir, mais je ne sais pas ce qui m'est passé par la tête, je me suis contentée de dire :

— Pas grave, maman, de toute façon j'avais pas faim. Je vais dans ma chambre pour bouquiner.

Et je les ai laissés plantés là sans même dire au revoir.

Je me suis réfugiée dans ma chambre, c'était le seul endroit au monde où j'avais envie d'être à cet instant.

J'adore ma chambre.

Quand nous avons emménagé, j'avais insisté auprès de maman pour qu'elle me laisse choisir ma déco. Nous nous étions rendues dans une de ces grandes surfaces spécialisées en bricolage et, au rayon peinture, j'avais arrêté mon choix sur un « gris titanium » et un « rouge laser ». Maman s'était montrée sceptique, mais elle avait donné un accord de principe « à condition que la propriétaire soit d'accord ». Je ne la connaissais pas encore, mais maman l'avait trouvée adorable lorsqu'elles s'étaient rencontrées pour la signature du contrat de location. Cela dit, adorable ou pas, j'imaginais que n'importe quel propriétaire sain d'esprit refuserait qu'on barbouille ses murs avec des coloris aussi inhabituels. J'avais presque renoncé. Puis Mme Giffault était rentrée de vacances. Elle était venue nous souhaiter la bienvenue un matin, nous interrompant en plein petit déjeuner. Maman s'était excusée pour aller enfiler un vêtement par-dessus son pyjama, elle m'avait laissée en tête à tête avec la dame. La première chose que j'ai pensée en la voyant, c'est : « Mon Dieu, mais quel âge a-t-elle ? » C'était une petite femme toute menue, dont le visage était parcouru de milliers de rides, elle semblait si fragile que je me suis demandé comment elle avait réussi à monter l'escalier. Sans rire, elle me faisait penser à une momie que j'avais vue une fois dans un reportage National Geographic, c'était un peu flippant. Maman est revenue avant que nous n'ayons eu le temps d'échanger un mot. Elle lui a proposé de se joindre à nous et Mme Giffault a accepté aussitôt. En la voyant croquer avec gourmandise dans un croissant, j'ai été un peu rassurée. Maman lui a demandé si elle avait passé de bonnes vacances, puis elles ont parlé du déménagement et de notre installation. De fil en aiguille, elles en sont venues à évoquer la décoration. Maman m'a jeté un coup d'œil puis, alors que je n'y croyais plus, elle a osé poser la question :

— Marion aimerait repeindre sa chambre.

Mme Giffault m'a gratifiée d'un regard amusé :

— C'est une très bonne idée, ça.

— Euh, oui, sans doute.

Je voyais bien que maman hésitait à lui annoncer mon choix de couleurs, alors j'ai pris mes responsabilités.

— Je voudrais un mur en gris assez foncé et un autre en rouge.

Notre propriétaire a fait une drôle de tête, elle a semblé réfléchir un instant, puis m'a regardée droit dans les yeux et m'a dit :

— Ce sont des couleurs insolites, mais je pense que c'est un très bon choix, et puis elles doivent bien se marier.

Maman a voulu quand même s'assurer qu'il n'y avait pas de malentendu :

— Vous ne voulez pas voir des échantillons avant ?

Mme Giffault a secoué la main.

— Ce ne sera pas nécessaire, c'est Marion qui vivra dans cette chambre, c'est elle qui doit s'y sentir bien. Et puis, si jamais elle se lasse un jour, un mur, ça se repeint ! Je t'aiderai si tu as du mal.

Après, elle m'a fait un clin d'œil.

Je venais de découvrir qu'en fait Mme Giffault n'était pas une vieille momie, c'était une vraie gamine.

J'ai repeint les murs avec l'aide de mon oncle Sam, le petit frère de maman. Quand il a découvert le « rouge laser », il a eu un mouvement de recul.

— T'es sûre, Marion ? On dirait le genre de teinte qu'on utilise pour les devantures de boucherie !

Je n'avais pas fait le rapprochement, mais sa remarque était plutôt pertinente. Du coup, j'avais accepté de ne l'utiliser que pour la partie basse du mur et de laisser le reste en blanc.

Le résultat final était quelque chose d'assez élégant, un peu froid. Ça ressemblait plus à un atelier d'artiste qu'à une chambre d'ado. L'avantage, c'est qu'à bientôt quinze ans, je trouvais que ce décor me correspondait de mieux en mieux chaque jour. J'avais atténué l'aspect austère en me constituant une collection de coussins plus farfelus les uns que les autres.

Il y en avait des triangulaires, des poilus, des fluorescents, des avec un message, d'autres à l'effigie de personnages de dessins animés que je regardais quand j'étais petite.

Ce soir-là, je me suis fabriqué un petit coin douillet avec mon gros coussin en fausse fourrure et j'ai essayé de lire pour ne pas me laisser embarquer par mon imagination galopante. Ça n'a pas marché du tout.

Si je partais du principe que M. Aymet était bien mon père, cela ne pouvait vouloir dire que deux choses. Ou bien maman m'avait menti, ou bien elle aussi allait avoir une très grosse surprise. Toutes les phrases qui s'invitaient dans ma tête commençaient par : « Et si jamais… »

J'ai mouliné comme ça pendant un moment puis, juste avant de m'endormir, j'ai reçu un SMS de Tom me disant qu'il passerait me chercher le lendemain matin pour aller en cours. Nous habitions lui et moi tout près du collège, mais dans des directions opposées. Cela ne nous empêchait pas de nous retrouver souvent pour faire le trajet ensemble, une vieille habitude prise au temps où nous avions encore besoin d'être à deux pour oublier nos singularités. Tant pis si cela confortait la rumeur que nous étions un peu plus que des amis.

Quand mon réveil a sonné, j'ai mis un moment à émerger de mon rêve. J'étais engluée dans une histoire avec des lapins géants carnivores et des mobylettes. Des fois, mon imaginaire me fait un peu peur. Le temps que je sorte du lit, j'étais déjà à la bourre. Maman a frappé à ma porte et j'ai crié :

— C'est bon, je suis levée !

— Le petit déjeuner est prêt, tu viens le prendre avec moi ?

Comme chez tous les ados, le petit déjeuner n'est pas un réflexe évident pour moi. Le matin, mon estomac préfère qu'on lui foute la paix. Je faisais quand même un effort de temps en temps. Je me suis douchée en vitesse, j'ai enfilé un jean et le premier tee-shirt de la pile et je suis allée rejoindre maman. En la voyant, accoudée à la table, sa tasse de café fumant entre les mains, je me suis souvenue soudain de Mister Sexy et de la photo de papa. J'ai ouvert la bouche pour lui en parler et je me suis aperçue que je ne savais absolument pas comment aborder le sujet. Maman a été la première à dégainer, j'avais raté la fenêtre de tir.

— Alors, ta première journée, tu me racontes ?

— Plutôt pas mal.

— Tu es contente de tes profs ?

— Oui, sauf celle de maths. C'est la même que l'an dernier…

— Celle avec le nom de somnifère ?

— Oui, c'est ça.

J'essayais de trouver les mots pour lui parler de Mister Sexy et de sa ressemblance avec papa, mais elle était passée à autre chose :

— Marion, qu'as-tu pensé d'Hervé ?

Mince, je ne l'avais pas vue venir celle-là, j'avais complètement oublié Hervé et sa moustache géante. J'ai bredouillé :

— Je l'ai pas beaucoup vu, tu sais…

— Oui, j'ai remarqué.

Elle n'a rien ajouté, mais j'ai bien senti qu'elle était aussi mal à l'aise que moi. Ça m'a fait mal au cœur, ça nous ressemblait vraiment pas, cette façon de ne pas oser nous dire les choses.

Quelqu'un a frappé à la porte, c'était Tom, en avance comme d'habitude. Son arrivée a coupé court à toute conversation plus approfondie au sujet d'Hervé, ce qui ne me posait pas de problème. J'avais déjà assez à faire avec le retour de mon père (ou pas) pour envisager en plus que maman ait peut-être des penchants pour un mec qui s'était collé un furet mort sous le nez.

Tom a discuté un moment avec maman pendant que je préparais mon sac pour la journée. Elle lui a demandé des nouvelles de ses parents, puis ils ont parlé de son périple familial en camping-car cet été. Je me suis rendu compte que je ne lui avais même pas demandé de me raconter. Je faisais une bien mauvaise meilleure amie.

Heureusement que Tom était arrivé en avance, parce qu'on a quand même quitté la maison avec cinq bonnes minutes de retard. J'ai profité du trajet pour lui parler enfin de ses vacances. Il m'a résumé ses deux mois de tourisme à sa façon :

— Très cool mais trop chaud.

Puis il a enchaîné :

— Et toi ? Tu as pu voir la photo ?

J'ai secoué la tête.

— Nan. Figure-toi que maman n'est pas rentrée seule hier.

Au cas où il n'aurait pas compris, j'ai précisé :

— Elle était avec un mec.

Ça n'a pas perturbé Tom plus que ça.

— Il était sympa ?

— Je sais pas. Je me suis barricadée dans ma chambre.

— Pourquoi ?

— Mince, Tom, je rentre en me disant que je viens peut-être de retrouver mon père et elle revient avec un rencard !

Tom m'a touché le bras pour me forcer à ralentir un peu et à le regarder.

— Elle a le droit, tu sais. Tu as passé l'âge de vouloir garder ta maman pour toi toute seule.

— Bien sûr qu'elle a le droit ! Ce que je veux dire, c'est qu'au niveau timing, ça pouvait pas être plus pourri… Et en plus il a une moustache, un machin affreux, tu peux même pas imaginer. Ça devrait être interdit, ce truc.

— Tu sais, il y a des tas de gens très bien qui avaient des moustaches. Einstein, Salvador Dalí, Mario le plombier…

— T'as oublié Hitler.

Il n'a pas insisté.

Chapitre 4

On n'avait pas SVT le mardi. J'étais plutôt soulagée, j'avais besoin d'un peu de recul et, surtout, je voulais absolument mettre la main sur la photo afin d'avoir un souvenir très précis du visage de mon père avant d'affronter à nouveau Mister Sexy. J'envisageais même de la piquer en douce pour l'apporter en classe. La comparaison serait plus facile.

Les cours se sont enchaînés comme si nous n'avions jamais quitté le collège. L'été appartenait déjà au passé. Nous avons renoué avec nos habitudes. À la récré du matin, nous avons échoué sur notre banc préféré à l'ombre du vieux tilleul. J'avais fini par l'adorer, ce banc, à force d'y passer des bons moments. J'aimais qu'il soit tout rafistolé, qu'il porte des tas de graffitis débiles et que des amoureux aient gravé leurs initiales entrelacées au creux d'un cœur pour que je puisse m'asseoir dessus. Tom est venu s'affaler à côté de moi. Il a fouillé dans son sac, puis sorti un paquet de gâteaux fourrés au chocolat. À dix heures et quart, mon estomac était plutôt partant. Je grignotais sans rien dire, Tom me parlait de ses soucis avec son nouveau téléphone portable qui s'éteignait sans raison. Je ne l'écoutais pas vraiment et il s'en est très vite aperçu.

— Ça t'intéresse pas, ce que je te raconte ?

— Si, si…

J'avais mis tellement de conviction dans ma réponse que, même moi, j'y croyais pas une seconde.

— T'as toujours la tête occupée par cette histoire de photo.

C'était pas une question. Il savait déjà.

— J'ai réfléchi à tout ça, ça peut paraître bizarre, mais en fait il y a plein d'explications possibles.

Il ne m'a pas demandé de les lui donner, il se doutait que je ne pourrais pas m'en empêcher. Il s'est contenté d'attendre, il n'a pas eu longtemps à le faire.

— Peut-être que maman ne sait pas qu'il est vivant. Imagine, il a peut-être été seulement blessé dans l'accident, il est devenu amnésique et il se retrouve ici complètement par hasard. Ou il a commencé à retrouver la mémoire et il est sur ma piste, c'est pour ça qu'il a échoué dans notre collège. Ou bien, au contraire, maman est au courant mais elle ne veut pas qu'il nous retrouve. Si ça se trouve, il la battait. Ou alors, il n'y a même pas eu d'accident du tout, c'est maman qui est partie sans rien lui dire…

En disant ces mots à haute voix, je me rendais compte que j'avais l'air pas très bien dans ma tête. Tom me regardait d'un air perplexe.

— J'ai l'air d'une folle, hein ?

Il a préféré ne rien dire, c'était sans doute mieux ainsi.

Le mardi était le jour où nous finissions le plus tôt, à seize heures. Valium nous avait donné nos premiers exercices de l'année et j'avais demandé à Tom s'il pouvait passer à la maison pour qu'on les fasse ensemble. J'avais l'impression d'avoir à peu près compris ce qu'elle attendait de nous, mais je préférais assurer le coup. Avec Tom aux commandes, les devoirs ont été vite bouclés. Après, nous avons attaqué le goûter, mon repas préféré de la journée (parce que j'étais sûre qu'il n'y aurait pas de légumes au menu). J'essayais d'avoir l'air naturel et de me comporter de façon habituelle afin de compenser mon attitude irrationnelle du matin, mais Tom ne s'est pas laissé avoir par mon petit manège. Au bout d'un moment, il m'a proposé d'un air détaché :

— Et si tu allais la chercher, cette photo ?

Apparemment, dans l'esprit de Tom, il n'y avait qu'une option possible, j'allais m'apercevoir que Mister Sexy ne ressemblait pas tant que ça à mon père. À vrai dire, une bonne part de moi commençait à penser comme lui, mais il y en avait une autre qui revenait à la charge encore et encore pour me susurrer à l'oreille : « On ne sait jamais… »

J'ai tenté de continuer à feindre le détachement.

— Y a pas urgence. Je vais attendre le retour de ma mère.

— Comme tu voudras, mais, si je peux te donner mon avis, fais vite, cette histoire a l'air de te perturber.

J'ai quand même essayé d'avoir le dernier mot, parce que c'est une question de principe, j'aime bien avoir le dernier mot :

— De toute façon, je suis déjà une fille très perturbée.

Dès que Tom a quitté la maison, j'ai arrêté de me mentir et après une demi-seconde d'hésitation je me suis précipitée dans la chambre de maman pour entreprendre une fouille méthodique. J'ai éprouvé quelques remords, parce que c'est un truc que je n'avais jamais fait. J'étais sûre que maman respectait scrupuleusement mon espace privé et j'avais la sensation de la trahir en ne lui rendant pas la pareille pour la toute première fois de ma vie. Mais bon, ça n'a pas duré, la culpabilité a vite cédé la place à l'excitation. J'avais un peu l'impression d'être dans une série policière, je menais l'enquête. J'ai regardé dans les tiroirs de son petit bureau, il n'y avait que des factures ou des dossiers administratifs sans le moindre intérêt. Après, je me suis attaquée à son armoire, j'ai même ouvert les boîtes à chaussures, mais je n'ai strictement rien trouvé. Il allait falloir que je revienne à mon projet initial, à savoir poser la question directement à maman. Finalement, la trahison ne paie pas…

Il s'est passé un drôle de truc. Enfin, pas si drôle que ça. Maman m'a téléphoné alors que je quittais juste sa chambre. Pendant une seconde, en réalisant que c'était elle qui m'appelait, j'ai eu la sensation qu'elle savait ce que je venais de faire, mais non, elle voulait simplement m'annoncer qu'elle rentrerait très tard. Vraiment très tard.

— On est sur un gros dossier, tu comprends, Hervé va m'aider à boucler tout ça ce soir pour qu'on puisse le présenter demain. Tu n'auras qu'à te coucher sans m'attendre, on se verra demain matin.

Je n'ai pas su quoi répondre. Maman occupait un poste d'assistante dans un cabinet d'avocats. Pour autant, que je sache, elle ne présentait pas de dossiers, elle se contentait de les taper à l'ordinateur. Je me suis demandé ce que ça voulait dire. J'ai failli être désagréable mais je me suis retenue juste à temps et je lui ai souhaité bon courage.

Quand j'ai raccroché, j'ai senti le découragement m'envahir. C'était comme si tout se liguait contre moi et mon enquête.

Parce que je n'avais pas envie de me laisser encore embarquer dans des pensées sans fin, j'ai rappelé Tom. Il a décroché tout de suite.

— Hey, ça faisait longtemps !

— J'ai pas le moral...

— Ah... La photo ne ressemble pas du tout, c'est ça ?

— Non, je ne l'ai toujours pas. Et maman rentrera tard ce soir. Elle m'a dit de ne pas l'attendre.

— OK, j'arrive.

Dix minutes plus tard, il était à nouveau là, avec son sac de couchage bien trop petit et une provision de gâteaux bio qu'il avait piqués dans la réserve de Julie. Je lui ai fait cuire des macaronis al dente et on a mangé devant la télé. À un moment, je me suis dit qu'on ressemblait vraiment à un petit couple, sauf que nous, on s'engueulait jamais. Je l'ai à nouveau interrogé sur ses vacances et cette fois, parce qu'il avait compris que j'avais besoin de me changer les idées, il m'a tout raconté en long et en large. J'ai voyagé avec lui, je pouvais presque sentir la chaleur du soleil sur ma peau. Je me suis endormie avec des images de criques baignées d'eaux turquoise et des noms de villages pleins de voyelles dans les oreilles.

Le lendemain matin, maman est venue frapper à ma porte au dernier moment. À force de discuter, nous avions oublié de programmer le réveil. Du coup, les préparatifs ont été rapides. Tom a avalé une biscotte pour faire plaisir à maman, puis nous sommes partis au pas de course. Ce n'était pas plus mal, l'urgence m'empêchait de m'appesantir sur ce qui m'attendait, à savoir une heure de SVT pour commencer la journée et remettre ainsi une bonne dose de carburant dans la machine à ressasser.

En m'asseyant à ma place, je n'en menais pas large. Pendant les premières minutes, j'ai guetté les regards du prof, cherchant à vérifier s'il s'attardait un peu plus longtemps sur moi, mais non, je devais bien reconnaître qu'il ne m'accordait aucune attention particulière.

Tom me surveillait comme du lait sur le feu. Finalement, je ne m'en suis pas si mal sortie. Au bout d'un moment, je suis parvenue à faire abstraction de toute l'histoire, et j'ai même réussi à me concentrer sur le cours pour prendre des notes. Je commençais à reprendre le contrôle. J'espérais juste que ça allait durer.

Chapitre 5

À la cantine, nous nous sommes retrouvés juste derrière Alex dans la queue du réfectoire. Il hésitait entre les deux entrées proposées, un œuf mayonnaise anémié et une crêpe jambon-fromage dépressive. Tom lui a conseillé de passer directement au plat et de demander une double portion de frites pour compenser. Notre cantine est un endroit plutôt sympa, le seul problème c'est la bouffe qu'on nous sert. Nous avons bien vu qu'il ne savait pas trop où s'asseoir. Tom m'a jeté un regard de connivence et m'a proposé :

— On s'en occupe ?

J'ai hésité. Pas parce que j'en avais pas du tout envie, mais plutôt parce que j'en avais un peu trop envie. Ça m'effrayait, cette histoire, je n'avais pas l'habitude.

— Allez, comme au bon vieux temps !

Tom faisait référence à nos années de primaire, celles où nous avions l'habitude de prendre sous notre aile tous les petits nouveaux, les solitaires de la rentrée, ceux qui ne s'étaient pas encore fait leur place au soleil. Nous avions compris très vite que ceux qui restent un peu trop longtemps seuls dans leur coin attirent le regard et deviennent des cibles faciles. J'ai vu une fois un type à la télé dire que les enfants sont naturellement bienveillants. Ce mec n'avait sûrement jamais mis les pieds dans une cour d'école. Une cour d'école, c'est la jungle. Soit t'es en haut dans la chaîne alimentaire et tu n'as rien à craindre, soit t'as intérêt à te trouver un groupe pour surveiller tes arrières. En haut de la chaîne, on retrouve toujours les mêmes, ces garçons et ces filles qui semblent tellement persuadés que le monde tourne autour d'eux qu'ils finissent par convaincre les autres que c'est vraiment le cas. Ce sont eux qui donnent le la, la tendance. Au milieu, il y a le gros du troupeau, ceux qui ne se distinguent pas et qui suivent le courant. Tout en bas, il y a les autres. Ceux qui ne sont pas tout à fait comme tout le monde. Il suffit de pas grand-chose pour rentrer dans cette catégorie, une paire de lunettes aux verres un peu épais, quelques kilos en trop, de trop bonnes ou de trop mauvaises notes, une couleur de cheveux inhabituelle, un père mort…

Oui, peut-être que les enfants sont naturellement bienveillants.

À condition toutefois que l'on ne soit pas trop différent d'eux, parce que dans ce cas les enfants peuvent être aussi cruels que les adultes.

Je ne me faisais pas trop de souci pour Alex, je le pensais tout à fait capable de se faire des amis sans avoir besoin de notre aide. Il n'était pas de ceux qui dérangent. Pourtant je me suis laissé entraîner par Tom et nous sommes allés lui proposer de se joindre à nous pour le déjeuner. Il a accepté tout de suite.

— Merci, c'est sympa.

La conversation a porté sur tout ce qui fait la vie des collégiens, les profs, les élèves, les horaires. Je suis restée en retrait, j'avais bien trop peur de dire encore une bêtise, je n'avais pas oublié ma bévue de la veille, dorénavant Acapulco ne me ferait plus jamais rêver.

En repartant en cours, Tom m'a demandé, l'air de rien :

— Alors, il est cool, non ?

J'ai marmonné :

— Ouais, ça va.

J'aurais bien mieux réussi à donner le change si je n'avais pas rougi comme une tomate ultra-mûre en repensant aux dents blanches d'Alex.

Comment des dents pouvaient-elles me faire autant d'effet ?

— Qu'est-ce qui t'arrive ?

— Rien du tout.

— Alors pourquoi t'as l'air sur le point de t'asphyxier ?

— Je ne m'asphyxie pas !

Il m'a dévisagée un petit moment, puis j'ai vu l'instant précis où il a compris. Un immense sourire a éclos sur ses lèvres.

— Oh, oh, serions-nous en train d'assister à un miracle ?

Je lui ai balancé un coup de coude bien senti dans le bras, mais ça n'a pas suffi à le calmer.

— Tu craques ?

— Arrête, Tom !

— Tu craques ! Enfin !

Il m'a prise dans ses bras et m'a soulevée pour me faire tournoyer en rigolant. Je me suis débattue un peu, puis j'ai fini par rire avec lui. C'était difficile de lui résister.

Lila, qui passait à côté de nous juste à cet instant, nous a lancé d'un air satisfait :

— Ah, ça y est ! On se décide enfin à assumer en public, les amoureux ?

J'allais ouvrir la bouche pour lui expliquer qu'elle se trompait du tout au tout, mais Tom m'a retenue juste à temps.

— Laisse tomber, je ne pense pas que tu aies envie de lui raconter ce qui se passe vraiment.

C'était assez bien vu.

Tom me chambrait souvent sur ce qu'il appelait mon petit cœur de pierre. C'était faux, bien sûr, il était loin d'être en pierre, mon cœur. Il y avait plein de choses qui me touchaient, les faits divers concernant des enfants, les films avec des gens malades (très malades hein, pas juste une gastro), la maltraitance des animaux, les hérissons écrasés sur la route… Mais c'est vrai aussi que l'amour n'était pas au programme. Je trouvais ça chiant, j'y pouvais rien. Je n'arrivais pas à comprendre qu'on se fasse des nœuds au cerveau et des nuits d'insomnie à cause d'un garçon ou d'une fille. Pour ce que j'en voyais autour de moi, c'était juste une grosse source de tracas.

Tom avait une théorie. Il pensait que je souffrais d'un manque d'exemples. Autour de moi, il n'y avait pas de couple harmonieux. Ma famille ne comptait que des histoires tristes, maman ne s'était jamais mariée, mon oncle Sam collectionnait les aventures sans lendemain et mon grand-père François ne parlait jamais de sa femme décédée, comme s'il avait oublié jusqu'à son existence.

Je ne sais pas si son explication était la bonne, mais le fait est que l'amour m'emmerdait.

L'amitié, il n'y avait que ça de vrai, et en la matière j'avais déniché une pépite, mon Tom. Je n'avais pas besoin de plus.

D'après Tom, j'avais tout faux. Il n'avait pas du tout la même vision des choses. Il aimait bien les comédies romantiques, j'acceptais de l'accompagner en voir au cinéma à condition qu'elles soient plus comiques que romantiques. Il trouvait les couples de petits vieux super émouvants et il était même tombé vraiment amoureux une fois, il avait tenté une approche timide mais la demoiselle ne l'avait pas calculé. Il avait déprimé alors et m'avait reproché mon manque de sensibilité quand je lui avais dit qu'il s'en sortait bien parce que, avec la tête qu'elle avait maquillée, il valait mieux ne pas voir sa tronche nature, au réveil.

Chapitre 6

En fin de compte, le cours de SVT du matin m'avait fait du bien. Je me sentais à nouveau à peu près capable de gérer les événements en restant lucide et rationnelle. Tom avait raison, il fallait juste procéder par étapes et, la toute première, c'était de mettre enfin la main sur la photo de papa. J'ai attendu le retour de maman en regardant une série débile pour ados à la télé. Ça me laissait toujours perplexe, ce genre de programme. Les adultes qui produisent ces horreurs ont l'air de croire qu'on rêve tous de devenir chanteurs/acteurs/danseurs, comme si on ne pouvait pas exister autrement que sur une scène. Pour ma part, je n'avais encore aucune idée de ce que je voulais faire plus tard, mais je savais ce que je ne voulais pas faire et toutes ces options en faisaient partie. Quand maman est rentrée, je lui ai laissé le temps de se poser un peu. J'étais soudain moins pressée, comme si le fait d'approcher du but douchait un peu mon impatience. C'est curieux comme on désire peut-être un peu moins fort les choses lorsqu'on sait qu'on a enfin une chance de les obtenir. J'ai attendu que ce soit l'heure du repas pour me lancer.

Nous n'avions pas reparlé de papa depuis des années. Au début, lorsque j'étais toute petite, son absence n'était pas un problème. J'avais une maman qui comblait tous les manques. Mais les choses avaient changé lorsque j'étais entrée à l'école. La mort de mon père n'était pas un problème pour moi, mais elle en était apparemment un pour les autres. Cela allait de la maîtresse, qui ne savait pas quoi faire de moi le jour où l'on apprenait la poésie pour la Fête des pères, aux autres élèves, dont certains me répondaient, catégoriques, que c'étaient les grands-pères qui mouraient et pas les papas alors que d'autres me fuyaient comme si j'avais une maladie contagieuse. C'est dans le regard des autres que mon père a commencé à me manquer. J'avais alors traversé une phase, assez longue, entre mes quatre ans et mes huit ans, pendant laquelle je m'étais mis en tête de rendre son absence moins flagrante en l'évoquant le plus souvent possible. Je passais mes journées à bassiner maman avec des questions sur lui. Avec le recul, je me rendais compte qu'elle avait fait preuve d'une patience incroyable. Je pouvais, en plein milieu d'un repas, arrêter de manger pour l'interroger sur les goûts culinaires de papa, ou bien, lorsque nous nous promenions, je lui demandais s'il aimait les fleurs, la marche, les papillons... Maman me répondait du mieux qu'elle pouvait, parfois elle ne savait pas. Ils s'étaient connus si peu de temps, finalement.

Je savais que mon père s'appelait Antoine. Je savais qu'il n'aimait pas le foot, ne mangeait presque jamais de légumes, ne prenait pas de bains mais des douches. Je savais qu'il se levait tôt, qu'il était fils unique et qu'il faisait des études de chimie. Je savais qu'il adorait aller au cinéma, qu'il prenait son café avec du lait et qu'il aurait bien aimé avoir un chien. Ça fait beaucoup quand on y pense, pour quelqu'un qu'on n'a jamais rencontré.

Papa était mort avant ma naissance. Dans un accident dont nous n'avions jamais vraiment parlé. Maman et lui ne se connaissaient que depuis quelques mois, ils s'étaient aimés pas longtemps mais très fort. Elle avait appris qu'elle était enceinte quelques semaines après son décès. Maman m'avait révélé l'histoire peu à peu, au fil des années, au gré de mes questions.

Quand j'avais estimé en savoir assez, quand le regard des autres avait fini par ne plus m'atteindre, j'avais arrêté d'embêter maman.

J'avais classé le dossier.

Jusqu'à ce que Mister Sexy vienne mettre le bazar.

Maman n'a pas tout de suite compris.

— Quelle photo, ma puce ?

— Celle de papa. Tu sais, le portrait qui était toujours sur ta table de chevet, avant.

Au moment où je lui ai posé la question, elle était en train de porter sa fourchette à sa bouche. Eh bien, elle a stoppé net. J'avais la sensation que quelqu'un venait d'appuyer sur le bouton pause et de figer l'image. Elle est restée un petit moment comme ça, avec sa fourchette pleine de haricots suspendue dans les airs, puis elle a semblé retrouver enfin ses capacités de mouvement.

— Je ne sais plus où je l'ai mise, mais je vais la chercher.

Elle m'a regardée avec un air bizarre, puis a rajouté :

— Pourquoi tu me demandes ça ?

Là, j'ai hésité. C'était le moment idéal pour lâcher le morceau et lui raconter toute l'affaire, lui dire que mon nouveau prof de SVT était le sosie parfait de papa et lui demander ce qu'elle en pensait, mais quelque chose s'est bloqué en moi, je n'ai réussi à rien lui dire de tout cela. Je me suis contentée de répondre :

— Juste comme ça. J'avais envie de la revoir.

— Ça n'a rien à voir avec Hervé ?

— Avec Hervé ?

Elle s'est penchée en avant et a pris ma main entre les siennes.

— Avoue que c'est bizarre. On ne parlait pas beaucoup de ton père ces derniers temps, plus du tout même, et là, juste au moment où je rencontre quelqu'un, où j'essaie de te le présenter, tu éprouves le besoin de retrouver cette vieille photo.

J'ai secoué la tête.

— Non, j'en ai envie, c'est tout.

— D'accord. Je vais essayer de remettre la main dessus.

Elle a tenté de me sourire, mais j'ai bien senti que l'idée ne l'enthousiasmait pas.

La tâche n'était apparemment pas si simple. Deux jours plus tard, j'attendais encore.

Je commençais à soupçonner maman de ne pas réellement chercher et j'ai fait part de mes doutes à Tom.

— Et alors, qu'est-ce que tu en déduis ?

— Elle me cache quelque chose...

— Et si elle n'avait pas envie, tout simplement ? Peut-être que ça lui fait du mal de repenser à tout ça.

J'ai haussé les épaules.

— C'est juste une vieille photo.

— OK, petit cœur de pierre, même toi tu devrais être capable de comprendre ça. C'est une vieille photo, certes, mais c'est celle d'un homme qu'elle a aimé, qui se trouve être le père de sa fille et qui est mort. Tu vois le lien ?

Je le voyais, le lien, mais je n'avais aucune envie qu'il se mette entre moi et mon enquête.

— D'accord, je veux bien, mais je fais quoi moi, maintenant ? Je dis plus rien et je continue à me faire des films toute l'année ?

— Non. Tu lui laisses juste le temps. Repose-lui la question dans quelques jours. Tu ne lâches pas l'affaire, mais tu essaies d'agir en douceur et elle finira par te la retrouver, ta photo.

Chapitre 1

Le premier week-end de l'année était déjà là, puis déjà fini. Nous l'avons laissé filer, occupées à droite et à gauche, entre les dernières courses de fournitures pour le collège, quelques paperasses administratives et un déjeuner chez Mme Giffault où nous n'avions pas vu les heures passer, comme chaque fois. Notre voisine avait la faculté étonnante d'accélérer le temps, à ses côtés, une heure semblait ne durer que quelques minutes.

Ce jour-là, elle m'avait fait une jolie surprise en m'offrant la nouvelle édition illustrée du Petit Robert. Je saisis ce que ce cadeau a de curieux, mais pour moi il était parfait parce que je souffre d'une addiction bizarre. Je collectionne les mots.

Curieux hobby, pas franchement courant, pas vraiment glamour, mais j'y tiens, même si je ne le crie pas sur les toits. Petite, j'avais fait une fixation pendant quelques mois sur un livre que maman me lisait le soir pour m'endormir, un de ses livres d'enfant à elle que nous avions retrouvé dans un vieux carton plein de reliques, un format poche usé à force d'avoir été tripoté par ses petits doigts impatients puis par les miens à vingt-cinq ans d'intervalle. *Les mots de Zaza* racontaient l'histoire d'une petite souris collectionneuse de mots. Des petits mots, les mots doux et gentils qu'elle rangeait sous une petite cloche, les mots de tous les jours sous une cloche moyenne et, bien sûr, les gros mots sous une grosse cloche. Au-delà des fous rires déclenchés par les trésors cachés sous la grosse cloche, ces lectures à répétition avaient éveillé mon appétit pour les mots. Je ne l'avais pas pensé comme ça, ce n'était pas apparu d'un coup, tout net dans ma tête de petite fille. Non, j'avais démarré en douceur, demandant à maman de me noter sur une feuille de papier un mot qui m'avait plu, puis un autre et ainsi de suite. La feuille était devenue un carnet, du carnet j'étais passée au cahier, puis, pour mes huit ans, j'avais eu droit à un coffret d'albums pour y coucher toutes mes trouvailles. Maman avait fini par me dire que c'était la collection parfaite, celle qui ne prend pas de place, qui ne coûte pas d'argent, qui ne finit jamais. Il y avait les mots drôles, les mots poétiques, ceux qui sous des apparences sérieuses ne veulent dire que des toutes petites choses, et ceux qui, à l'inverse, cachent sous des sonorités un peu comiques des notions tout à fait respectables. Les dictionnaires sont de vraies mines d'or pour les gens comme moi. Parfois, Tom ou maman m'offraient un petit bout de papier griffonné en me demandant avec l'enthousiasme de celui qui est persuadé d'avoir déniché une perle rare :

— Et celui-là, tu le connais ?

Depuis quelque temps, grâce à Internet, j'avais élargi mon champ d'investigation aux langues étrangères, j'aimais les mots intraduisibles, ceux dont l'équivalent n'existe pas dans notre langue, j'adorais l'idée qu'il existait forcément quelque part sur terre un mot pour chaque chose, émotion ou sensation, et qu'il suffisait d'explorer pour finir par le trouver.

En arrivant au collège, le lundi, j'avais appris qu'Alex organisait une fête deux semaines plus tard, le genre soirée décontractée. Le bruit s'était répandu comme une traînée de poudre. Ça ne faisait même pas dix minutes que j'étais dans la cour et on m'avait déjà demandé trois fois si j'étais de la partie. Je n'en savais rien, je n'avais pas encore reçu mon carton d'invitation. A priori, les critères de sélection n'étaient pas très rigoureux, tous ceux que j'avais croisés étaient conviés. J'avais toutes mes chances.

Je me suis fait la réflexion que j'aimerais y aller et, tout de suite après, j'ai réalisé que ça devait être la première fois que j'étais tentée par ce genre de chose. Je gardais un souvenir assez mitigé de la dernière fête à laquelle j'étais allée, c'est sans doute la raison pour laquelle je n'avais pas renouvelé l'expérience depuis. Ça et aussi, pour être tout à fait honnête, le fait que je ne croulais pas sous les demandes. Je devais avoir dans les six ans. Je m'étais retrouvée au milieu d'une dizaine de gamines surexcitées à l'idée de se déguiser en princesses Disney. Lorsque la maman m'avait demandé si je voulais enfiler une robe moi aussi, je lui avais répondu très poliment :

— Non merci, madame, elles sont trop moches.

Ça avait beaucoup fait rire la dame, qui s'était empressée de raconter toute l'histoire à maman lorsqu'elle était revenue me chercher.

C'était un des problèmes, je n'aimais pas les robes et les froufrous. Je n'aimais pas la foule non plus. Une soirée réussie pour moi, c'était un bon film avec mon meilleur pote et une part de tarte au citron meringuée.

Alex était venu nous trouver sur notre banc pendant la récréation du matin. Nous lui avions fait une petite place et il s'était installé juste à côté de moi. J'avais dû la jouer serré pour ne pas trop avoir l'air d'une cruche. Pas rougir, pas dire de bêtises, pas perdre le fil de la conversation. Ça n'allait pas être facile. Tandis que je tâchais de fixer un point au loin pour tenter de garder une contenance, il nous avait demandé :

— Ça vous dirait de venir à la maison un de ces jours ?

— Pour ta soirée ?

— Vous êtes déjà au courant ?

Il avait eu un petit mouvement des épaules, comme pour s'excuser.

— C'est une idée de mes parents. Pour briser la glace et m'intégrer plus facilement.

Je n'étais pas sûre qu'il ait besoin de cela, à vrai dire, j'étais même certaine du contraire. En trois jours, il avait déjà parlé à toute la classe, c'était un garçon au contact facile et je m'étais vite aperçue que ses dents blanches ne faisaient pas de l'effet qu'à moi. Lila par exemple restait presque silencieuse lorsqu'il était dans les parages, ce qui n'était pas loin d'être un événement. Lila parle comme les autres respirent, en permanence et sans même s'en rendre compte. Cela dit, cette idée de soirée donnée juste après la rentrée était brillante, le genre de manœuvre sociale, habile et efficace, dont je ne maîtriserai sans doute jamais le secret.

— Alors, vous viendrez ?

Tom avait répondu pour nous deux :

— Oui, bien sûr ! C'est sympa de nous inviter.

— En fait, c'est surtout vous que j'aimerais voir à cette soirée. Vous êtes les seuls à m'avoir vraiment accueilli, même si tout le monde s'est montré plutôt sympa.

Il s'était penché vers Tom pour nous faire cette confidence, et, ce faisant, son bras était venu s'appuyer tout contre ma cuisse. Ce simple contact avait suffi à élever ma température corporelle de quelques degrés. J'avais du mal à le regarder dans les yeux, j'entrais en ébullition lorsqu'il m'effleurait. Voilà qui confirmait tout le mal que je pensais de l'amour. Que des problèmes.

Le soir, quand maman est rentrée, elle m'a annoncé sitôt franchi le seuil de la porte qu'elle avait prévu de fêter son anniversaire cette année. À croire qu'il y avait une épidémie en ville, un virus qui donnait des envies furieuses de célébration. Ma réaction n'a sans doute pas été celle qu'elle attendait :

— Ah oui ? Pourquoi ?

À ma décharge, d'habitude elle était plutôt du genre à minimiser l'événement, m'assurant qu'il n'était même pas nécessaire que je lui fasse un cadeau, même si j'essayais toujours de lui trouver un petit quelque chose. En règle générale, ce jour-là ne différait guère des autres. J'avais fini par m'habituer et même par comprendre, parce qu'en grandissant on s'aperçoit que le temps file de plus en plus vite et qu'un an de plus au compteur, c'est aussi un an de moins à vivre. Le grand compte à rebours vers la mort, pas vraiment un truc à fêter quand on y réfléchit bien.

— Je ne sais pas pourquoi, quelle drôle de question !

J'ai essayé de rattraper le coup :

— Mais c'est une chouette idée ! Tu veux une grosse fête ?

— Non, un petit truc tout simple, avec quelques collègues du boulot, Sandra bien sûr et Sam aussi, je l'ai appelé et il viendra exprès pour l'occasion.

— Cool !

La venue d'oncle Sam, c'était vraiment une bonne nouvelle. Ça faisait des mois que je ne l'avais pas vu. Mon oncle est loin d'être un modèle, il a trente-deux ans et n'a encore rien fait de sa vie. Et quand je dis rien, ce n'est pas juste une formule en l'air. Il n'a pas de maison, pas de métier, pas de famille. Ce n'est pas faute d'essayer, il se lance avec enthousiasme dans toutes sortes de projets qui échouent avec une constance qui découragerait n'importe qui d'autre. Mais lui, non. Il dit que c'est la faute à pas de chance ou au hasard ou à la crise, que ce sont des choses qui arrivent et que le vent finira par tourner. Il adore les vieux proverbes, mon oncle. Son optimisme à toute épreuve pouvait être fatigant parfois quand il vivait près de chez nous, mais maintenant, il me manque. Il a déménagé il y a trois ans, pour aller rejoindre sa copine de l'époque dans le Sud et monter un petit restaurant avec elle. Le restaurant a fait faillite, la copine l'a quitté, mais il est resté là-bas. On le voit une fois par an, pendant les vacances. Ça a quelque chose de rassurant de voir un adulte se comporter avec une telle insouciance. Ça permet de garder espoir. Grandir n'est pas forcément vieillir. En tout cas, pas pour tout le monde.

Fêter l'anniversaire de maman, je n'étais pas contre le principe, ça pouvait même être sympa, mais le fait est que cela contrariait encore une fois mes projets. Déjà qu'elle ne mettait pas beaucoup d'ardeur à la tâche, je supposais qu'elle serait bien trop occupée par les préparatifs pour se consacrer à la recherche de la photo…

Chapitre 8

Le lendemain, il est arrivé un truc auquel je ne m'attendais pas, et pourtant j'aurais dû.

À la pause de midi, nous avions décidé de profiter du beau temps pour pique-niquer sur l'herbe et nous étions loin d'être les seuls à avoir eu cette idée. Les pelouses du collège étaient pleines à craquer, il fallait défendre son bout de terrain. Tom avait invité Alex à se joindre à nous, pour me faire plaisir sûrement, mais je le soupçonnais aussi de s'amuser de mon embarras manifeste en sa présence. Je ne savais pas trop où j'en étais. Pour faire bonne mesure, j'avais proposé à Maxime de venir aussi. Maxime n'était pas à proprement parler un ami, mais je l'aimais bien quand même. Sous ses dehors de gros méchant, j'étais certaine qu'il était bien plus tendre que moi. Son look et ses postures avaient tout de l'armure qu'on enfile pour se protéger plus que pour combattre. Nous partagions nos paquets de chips et nos tomates cerises (certifiées agriculture biologique, fournies par Julie) en discutant des films que nous aimerions voir. Je commençais à me détendre un peu, j'arrivais à peu près à regarder en direction d'Alex sans perdre tous mes moyens et j'avais même réussi à lui adresser la parole à deux ou trois reprises. C'est alors qu'une des sardines s'est détachée du banc pour venir s'agenouiller près de Tom et lui a adressé la parole le plus naturellement du monde, comme s'ils étaient des super-potes.

— Salut, Tom, je voulais te demander si t'accepterais de me donner un petit coup de main en maths cette année.

Ses longs cils faisaient du cent battements par seconde.

Non loin, les sardines ont gloussé. C'est surprenant, des sardines qui gloussent.

J'essayais d'identifier l'audacieuse. Il me semblait que c'était Laurie, mais je n'en étais pas tout à fait sûre. En tout cas, c'était la plus jolie. Plutôt grande, les cheveux blond foncé et ondulés comme si elle sortait de chez le coiffeur.

— Euh, oui, bien sûr.

Tom semblait aussi pris de court que moi. Les sardines faisaient partie de notre environnement visuel, mais il y avait comme une barrière invisible entre elles et nous, un mur infranchissable qui tenait autant à la nature de nos centres d'intérêt respectifs qu'à nos vies sociales opposées. En voir une venir vers nous, c'était déjà bizarre, mais qu'en plus elle cherche à nouer une relation, c'était carrément déconcertant.

— Génial, c'est trop sympa de ta part !

Elle lui a fait un grand sourire en penchant la tête sur le côté et elle a posé sa main sur le bras de Tom en rajoutant :

— J'ai un peu la pression pour réussir cette année, tu sais...

Et elle est repartie comme si de rien n'était. Ça m'a fait tout drôle. Ça puait la tentative de séduction à plein nez. Alex a observé calmement :

— Tu lui plais.

Tom lui a lancé un regard sceptique.

— Tu rigoles ? Elle a juste besoin de remonter sa moyenne pour avoir la paix avec ses parents.

Maxime est intervenu à son tour :

— T'es aveugle ou quoi ? Bien sûr que tu lui plais, et pas qu'un peu.

— C'est ça...

Tom s'est rallongé sur l'herbe, il a croisé ses bras derrière son cou et a fermé les yeux pour profiter de la chaleur du soleil. Je n'ai rien dit mais, dans ma tête, ça bouillonnait. Je l'observais à la dérobée. Cette fille était dans notre collège depuis la sixième et dans notre classe depuis la cinquième, la conversation entre eux n'était jamais allée plus loin qu'un salut distrait. Je me demandais ce qui avait changé pour qu'elle décide soudain que Tom était devenu digne de son intérêt.

Je n'ai pas eu à chercher longtemps. J'ai vite vu ce qu'elle avait décelé avant moi. Pendant ces deux mois d'été, Tom avait encore grandi, mais pas comme d'habitude, à la manière d'une asperge anémique. Cette fois, il avait aussi pris de l'épaisseur. Ses épaules s'étaient étoffées, le col de son tee-shirt ne flottait plus autour de son cou comme auparavant et il me semblait que son torse était plus large, plus massif. Maintenant que j'y prenais garde, ces changements me sautaient aux yeux. Seul son visage était demeuré inchangé. Sa peau pâle, parsemée de dizaines de taches de rousseur dévalant de son front jusqu'à ses joues, ses yeux verts, d'une teinte si sombre qu'elle était, j'en étais persuadée, unique au monde et ses paupières un peu tombantes qui lui donnaient perpétuellement l'air de quelqu'un qui vient à peine de se réveiller, son petit côté nonchalant si attendrissant. Je connaissais son visage presque mieux que le mien, faute d'aimer me regarder dans la glace. Brun, je suis certaine qu'il aurait fait des ravages.

Lorsque je lui disais que je le trouvais beau comme un dieu, ce n'était pas juste pour lui faire plaisir. Je le pensais vraiment, à fond, et depuis le premier moment où je l'avais vu. Tom était beau, il avait des traits fins et réguliers, un visage de statue antique. Je me souviens d'une photo d'un buste d'Alexandre le Grand dans notre livre d'histoire de sixième. J'avais été frappée par leur ressemblance et je le lui avais dit, ça l'avait fait marrer, il m'avait conseillé de m'acheter des lunettes. Pourtant il fallait être aveugle ou stupide, ou même les deux, pour ne pas percevoir son charme. Oui, il était beau, mais, par un mystère que je ne m'expliquais pas, j'étais la seule à m'en rendre compte. Avec ses parents, bien sûr.

Mais ça ne comptait pas, lui demeurait persuadé de notre manque d'objectivité, parce que nous l'aimions trop sans doute. Il avait choisi de croire tous les autres, ceux qui, lorsque nous étions petits, l'appelaient Poil de carotte, Thomas la tomate, ceux qui lui demandaient s'il avait rouillé pendant la dernière averse, les débiles et les méchants qui pensaient que ses magnifiques cheveux cuivrés étaient une anomalie légitimant toutes leurs railleries.

Lorsque nous étions plus jeunes, en primaire, et que les cruautés fusaient, j'avais appris à reconnaître les signes, je savais quand le projectile avait atteint son but. Le regard qui s'éteint, la nuque qui se courbe. Ça arrivait souvent au début, et puis, peu à peu, nous avions érigé cette bulle autour de nous. Au bout de quelque temps, elle est devenue tellement efficace que les crétins pouvaient s'en donner à cœur joie, nous ne les entendions même plus. Mais le mal était fait. Tom s'était habitué à cette idée qu'il était moche, limite repoussant, et je finissais par me demander s'il s'en remettrait. Laurie serait peut-être la solution, mais pour cela il allait falloir qu'il accepte enfin de se voir tel qu'il était réellement.

Chapitre 9

J'avais vu juste. Maman avait zappé la photo. Elle n'en parlait plus et je n'osais pas l'embêter avec ça. Lorsque j'y pensais, les mots de Tom me revenaient aussitôt en tête. Je n'avais pas envie d'être celle qui lui ferait du mal, alors je me disais que ça pouvait encore attendre.

Par moments, je sentais poindre une rancœur insidieuse, un léger poison qui me soufflait qu'elle le faisait exprès, que son oubli n'en était pas un, qu'il s'agissait d'une volonté délibérée de sa part de me cacher quelque chose, mais je n'allais pas au bout. Nous nous disputions si rarement. Ce n'était pas dans ma nature, ce n'était pas non plus dans la sienne. Un seul adulte et un seul enfant dans un même foyer, ça limite les possibilités. En cas de conflit, pas d'alliance avec une tierce personne possible, aucun médiateur dans les parages, la situation serait vite devenue intenable. Je ne dis pas que ça ne nous arrivait jamais, mais nous évitions au maximum.

De toute façon, maman n'était pas vraiment disponible. Elle s'investissait dans l'organisation de son anniversaire comme s'il s'était agi de son mariage. D'une dizaine de participants initialement prévus, nous étions très vite montés à vingt-deux. On ne pouvait plus se contenter de quelques petits-fours surgelés et de notre vieille table de cuisine. Le soir, elle surfait sur Internet, sur des sites d'organisation de fêtes. Nos conversations commençaient à tourner en boucle sur des questions bizarres comme « Quel code couleur choisir ? » ou « Un buffet conviendrait-il mieux qu'un repas assis ? ». Je faisais semblant de trouver ça passionnant, mais ce n'était pas facile. Vraiment pas.

Un soir, alors que nous étions en train de débarrasser les restes de notre repas, elle a poussé un cri strident. J'ai mis un moment à comprendre ce qui la mettait dans un tel état. En fait, elle avait juste oublié de rappeler le « super-traiteur pas trop cher » recommandé par son amie Sandra. J'avais cru qu'il s'était passé un truc grave, genre elle avait oublié son rappel de tétanos alors qu'elle s'était entaillé le poignet avec un ouvre-boîte rouillé à la pause de midi. Mais non, elle avait juste oublié de recontacter le traiteur. Ça faisait beaucoup de stress pour des canapés au foie gras et des verrines au saumon.

J'ai éclaté de rire.

Elle s'est mise à pleurer.

Merde, moi qui ne voulais pas la blesser…

Ça n'a pas duré longtemps. Ses larmes se sont taries aussi brusquement qu'elles avaient jailli.

— Je suis désolée, Marion, c'est un peu ridicule tout ça.

— Mais non, maman, c'est pas grave. Je comprends que ce soit important pour toi. Et puis, ce serait dommage que tes invités n'aient rien à manger.

Elle a souri.

— Au pire, je pourrais acheter du saucisson et du fromage.

— Je crois que je préférerais.

Elle a ouvert les bras et je suis venue m'y réfugier. J'ai retrouvé son odeur de muguet et de mandarine, son parfum que je lui piquais en douce quand j'étais petite, trois pschitt ni vu ni connu avant de partir à l'école. Elle devait forcément s'en apercevoir quand on y pense, mais elle ne m'avait jamais rien dit. Il s'appelle Eternity, je crois. Ça faisait longtemps que je ne l'avais pas sentie, cette odeur. Ça faisait longtemps qu'on ne s'était pas fait de câlins.

— Peut-être que je vais annuler tout ça.

— Mais non !

— Pourtant, tu n'avais pas l'air très enthousiaste quand je t'en ai parlé.

— J'étais juste un peu surprise. Tu ne le fêtes jamais, d'habitude.

Elle a poussé un soupir, un courant d'air tout doux dans mon cou.

— Ce n'était peut-être pas une si bonne idée.

— Pourquoi ? Si tu en as envie, ça me paraît déjà une bonne raison.

— J'ai cru que j'en avais envie. Et puis je vais avoir trente-sept ans.

— Et alors ?

— Ça commence à faire beaucoup, non ?

— Ça dépend pour qui. Parles-en avec Mme Giffault.

Mme Giffault appelait maman « ma petite ». Une belle leçon de relativité.

— Tu as raison. Mince, je ne voudrais pas devenir comme toutes ces femmes qui flippent à l'idée de passer les quarante ans.

— Trop tard !

C'était pas très drôle, mais ça l'a quand même fait rire. L'indulgence de maman est inépuisable, surtout en ce qui me concerne.

On était là, toutes les deux assises sur le canapé, quand soudain elle m'a fait cette proposition que je n'attendais plus :

— Tu sais quoi ? On va un peu oublier mon anniversaire et on va aller chercher cette vieille photo que tu m'as demandée l'autre jour.

Elle s'est levée et m'a fait signe de la suivre.

Pendant qu'elle farfouillait dans ses placards, je me suis allongée sur son lit.

— Il te manque ?

— Papa ?

— Oui.

— Je ne sais pas. Est-ce que quelqu'un qu'on n'a jamais connu peut nous manquer ?

Elle a arrêté un instant d'explorer sa penderie et m'a lancé un regard amusé.

— Si tu pouvais éviter de répondre avec ta tête et laisser un peu plus parler ton cœur, ce serait bien.

— Mon cœur ne parle pas.

— C'est bien ce qui m'inquiète, des fois…

— En fait, c'est pas vrai. Il parle, mais j'ai tendance à ne pas trop l'écouter.

Elle s'est remise à fouiller dans ses tiroirs et a observé, mine de rien :

— Pourtant, si tu me demandes cette photo, c'est bien que ça te perturbe un peu, non ?

Je n'ai rien répondu. Mon père ne me manquait pas, j'avais grandi sans lui et je ne m'en étais pas trop mal sortie. L'unique chose qui me perturbait, c'était de savoir s'il était vivant et s'il s'agissait de l'homme qui me donnait des cours de SVT trois fois par semaine au collège. Mais ça, je n'arrivais pas à le lui dire.

J'avais allumé le radio-réveil de maman et je passais d'une station à une autre. Je zappais depuis un moment quand je suis enfin tombée sur quelque chose qui pouvait nous convenir à toutes les deux, la reprise de *Somewhere over the Rainbow* par ce chanteur hawaïen au nom imprononçable. Je me suis laissée retomber sur le lit. J'étais bien, enveloppée dans le coton gris qui sentait la lavande et les accords de ukulélé. Un petit moment de grâce dans ma journée, c'était toujours bon à prendre. J'avais presque oublié ce que nous étions en train de faire lorsque maman s'est exclamée :

— La voilà !

Elle tenait le cadre dans la main, le même que j'avais toujours connu, trois euros quatre-vingt-dix-neuf chez Ikea. Je suppose qu'à l'époque elle n'avait déjà pas les moyens de se payer un encadreur. Je m'attendais à ce qu'elle le contemple, que ses yeux se voilent un peu, mais elle s'est contentée de me le tendre sans même un regard. J'avais tant de questions à lui poser que je me suis tue. J'ai pris le cadre en marmonnant « Merci » et je suis partie m'enfermer dans ma chambre.

Je me suis assise sur mon lit, j'ai compté jusqu'à trois et j'ai regardé.

Dans le cadre Ikea, Mister Sexy me contemplait.

Il avait quinze ans de moins, mais la ressemblance était bluffante.

C'était lui. Ou alors c'était drôlement bien imité.

Chapitre 10

Le lendemain, je suis allée attendre Tom en bas de son immeuble. Je ne l'avais pas averti, je ne voulais pas lui annoncer la nouvelle au téléphone. J'hésitais entre le triomphalisme puéril et la remarque désabusée, lâchée du bout des lèvres. Le résultat serait de toute façon le même. J'avais raison. Il a fini par sortir, mais il n'était pas seul et j'ai dû remettre à plus tard ma grande nouvelle. Ses deux petites sœurs lui tenaient chacune une main. Chloé, sept ans et demi, et la petite Élisa, six ans tout frais, qu'il appelait ses petites glus parce qu'elles avaient tendance à rappliquer dès qu'il était dans les parages. Je les adorais. Selon les jours, elles me faisaient regretter d'être fille unique ou au contraire remercier le destin de ne pas m'avoir donné de frère ou de sœur. Ce matin-là, Julie et Éric avaient demandé à Tom de les déposer à l'école, c'était assez rare pour que les filles prennent ça au sérieux. Elles lui obéissaient au doigt et à l'œil, c'était reposant mais pas très amusant. Quand il est ressorti du groupe scolaire Robert-Desnos, sa mission accomplie, il est venu vers moi et m'a prise de court en me demandant de but en blanc :

— Alors, tu vas la lâcher, ta bombe ?

Pour le coup, il avait réussi à me couper tous mes effets.

— Comment tu sais ?

— Tu te tortilles comme si tu étais assise sur un nid de fourmis rouges depuis tout à l'heure. Tu fais toujours ça quand t'as un truc important à annoncer.

— N'importe quoi ! Je ne me tortille pas !

— Si. Tu te tortilles comme le yorkshire de M. Duprat lorsqu'il sort se promener.

Il a fait une petite danse grotesque pour imiter le chien de son voisin.

— Merde, Tom, je ne suis pas ridicule à ce point ?

— Peut-être pas à ce point, m'a-t-il concédé.

Je me suis fermée comme une huître. D'habitude, j'aimais bien qu'il me chambre, je ne m'en privais pas non plus, c'était notre façon de nous dire « Tu vois, je t'aime tellement que je peux me permettre ça », mais là je l'ai pas très bien pris. Le moment était trop grave pour qu'on s'adonne à nos petits rituels. Je voulais du solennel.

Il a bien vu que je ne réagissais pas comme d'habitude. Il m'a laissée bouder un petit moment sans rien dire. On a joué au premier qui parle a perdu et on a gagné tous les deux. On a franchi les grilles du collège sans avoir prononcé le moindre mot. La sonnerie a retenti aussitôt. Au final, ça m'embêtait plus qu'autre chose d'avoir tenu parce que, ma nouvelle, j'allais devoir la conserver pour moi encore un petit moment. En termes de sensations, c'était un peu comme de garder en bouche une cuillerée de piment extrafort. Assez inconfortable. D'autant plus que nous avions à nouveau cours de SVT dans la matinée. J'aurais aimé ne pas avoir à affronter seule ce moment.

M. Aymet est entré dans la classe. Maintenant que je savais qui il était, je pouvais difficilement le surnommer encore Mister Sexy. Ça aurait été trop bizarre. Je m'étais attendue à ce qu'il se passe quelque chose. J'ai essayé de capter son regard, de lui faire comprendre que je savais tout et qu'il fallait qu'il cesse son petit jeu, mais, comme les fois précédentes, il ne m'a pas accordé plus d'attention qu'aux autres. Il faut dire que les regards appuyés, ce n'est pas vraiment ce qui lui manquait, il était sans doute vacciné. Mon père était en train de devenir un vrai fantasme ambulant pour toutes mes camarades de classe. Le seul événement un peu particulier pendant cette heure de cours, ça a été le mouvement de protestation généralisée lorsqu'il a annoncé une évaluation pour la semaine suivante. C'était vraiment pour le principe, une sorte de réflexe conditionné, parce qu'on venait à peine d'aborder le système immunitaire et qu'il n'y avait pas grand-chose à réviser. En réalité, c'était plutôt une bonne nouvelle.

J'ai passé l'heure dans un état second. J'écoutais, je prenais des notes, mais je ne pensais qu'à une seule et unique chose, le cadre caché au fond de mon sac que j'avais emporté avec moi pour prouver à Tom que j'avais vu juste depuis le début. À un moment, je me suis demandé ce qui se passerait si je le sortais et le posais simplement sur la table, sans rien dire. Ça aurait eu de la gueule, non ? Bien sûr, je n'ai rien fait de tel. Je veux bien passer pour une originale, mais pas pour une folle furieuse.

Quand l'heure de la récré est arrivée, je n'en pouvais plus d'attendre, il fallait que ça sorte. Mon secret me brûlait de l'intérieur. J'avais besoin de mettre de la distance entre cet homme et moi. Dès que j'ai entendu la sonnerie, je me suis levée et j'ai balancé mes affaires en vrac dans ma sacoche, puis j'ai glissé à Tom :

— Rejoins-moi dehors.

Et j'ai filé sans l'attendre. Quand il est arrivé, j'avais déjà sorti le cadre. Je le tenais sur mes genoux, retourné, afin de conserver l'élément de surprise. Tom a compris tout de suite, il s'est assis et a tendu la main.

— Tu me montres ?

Je le lui ai donné et j'ai observé son visage tandis qu'il examinait la photo. Si l'enjeu avait été autre, j'aurais trouvé ça amusant, la façon dont ses traits sont passés d'un sérieux détaché à une surprise totale, pour finir par traduire une perplexité infinie. Une salve d'émotions, un vrai feu d'artifice.

Contre toute attente, ma première réaction a été de me demander d'un coup si je n'aurais pas mieux aimé qu'il me détrompe, qu'il décèle un détail qui m'aurait échappé et qui remette les choses en place. Moi qui jubilais depuis la veille à l'idée d'avoir eu raison, je me dégonflais comme un vieux ballon de baudruche. Je savais pourquoi. Parce que ce qui n'avait été jusque-là qu'une profonde certitude devenait la réalité. Une réalité sacrément déstabilisante, même pour une fille un peu barrée comme moi.

Tom a enfin levé les yeux vers moi. Lui d'habitude si tranquille, si serein, semblait soudain perdu. Son silence a fini par m'écorcher les oreilles, je l'ai un peu bousculé :

— Alors ? Qu'est-ce que tu en dis ?

— Je...

Il s'est laissé retomber contre le dossier du banc et a poussé un soupir monumental. C'était si rare de le voir ainsi désorienté, en temps normal il trouvait toujours les mots qu'il fallait.

— Regarde, il a ces trois petits grains de beauté en triangle, là sur la joue...

Il a levé la main pour m'arrêter.

Ces maudits grains de beauté formant un triangle parfait sur la joue droite, pile au milieu, comme si un mathématicien pointilleux avait pris compas et règle pour déterminer l'endroit exact où les poser. Ils étaient le détail qui fait toute la différence entre une ressemblance frappante et un véritable copier-coller. Tom n'a rien objecté, à l'évidence les grains de beauté lui posaient problème à lui aussi.

— C'est bon, Marion, je ne suis pas aveugle. Si c'est pas lui, c'est son frère jumeau.

J'ai sursauté.

— Un frère jumeau ?

L'idée a fait son chemin jusqu'à mon cerveau. Il ne m'a fallu que quelques secondes pour bondir sur l'hypothèse comme un vautour sur une charogne.

— Et pourquoi pas ? Peut-être que maman a oublié de m'en parler, ou peut-être qu'elle n'est pas au courant. Ça ne peut être que ça ! T'es génial, Tom !

Tom a tenté de modérer mon enthousiasme :

— Hey, attends ! Je disais juste ça comme ça, tu sais. Mais pourquoi pas, après tout ? Au moins, ce serait une explication logique.

C'est drôle comme les choses peuvent évoluer à une vitesse vertigineuse. À un moment vous êtes noyé en plein chaos, dans le flou le plus total, puis, la seconde d'après, les pièces du puzzle s'imbriquent et vous voyez l'image apparaître, limpide.

Mon enquête pouvait se poursuivre, nous quittions les rivages incertains du surnaturel (le père mort depuis des années soudain de retour) pour nous aventurer dans de la bonne vieille généalogie. Je préférais nettement.

Nous en sommes restés là parce que Alex venait dans notre direction. Quand je l'ai vu, il était déjà tout proche et immédiatement mon corps a fait des siennes. Un ou deux battements erratiques dans ma poitrine, une main qui recoiffe machinalement mon superbe brushing du matin (je déconne, bien sûr) et le rouge aux joues. Voyons le bon côté des choses, je n'avais pas besoin de me ruiner en maquillage pour avoir bonne mine. J'ai arraché le cadre des mains de Tom pour le cacher en vitesse, je me voyais mal expliquer à Alex comment j'avais obtenu cette photo.

— Je peux m'asseoir ?

— Seulement si tu partages ça avec nous, a plaisanté Tom en désignant le paquet de bonbons qu'il tenait dans la main.

— C'est ma mère qui l'a caché dans mon sac ce matin.

Il nous a tendu le sachet plein de petits fruits artificiels garantis cent pour cent chimiques.

— Elle te fait souvent le coup ?

— Elle voulait que je le prenne hier, pour « partager avec mes nouveaux copains ». Je lui ai dit que c'était pas la peine et elle l'a quand même mis en douce, je viens juste de le trouver.

— Elle te donne des bonbons pour tes copains ?

— Désolé, ça fait un peu tarte, je sais. Des fois, j'ai l'impression qu'elle est restée bloquée dans une phase spatio-temporelle il y a une dizaine d'années. Elle me voit plus grandir.

— Je trouve ça plutôt sympa. Les bonbons, je veux dire, pas la phase spatio-temporelle.

On a vidé le paquet en discutant un peu. Enfin, surtout Tom et Alex. Moi j'écoutais en hochant la tête de temps en temps. C'étaient mes premiers pas dans le monde merveilleux de la découverte amoureuse, je n'étais pas encore au point et je sentais qu'il allait me falloir du temps. Beaucoup de temps.

J'ai attendu maman avec la même impatience que le jour de la rentrée, j'étais remontée comme une pendule, persuadée de toucher enfin au but. J'avais prévu de lui poser la question simplement. Lorsqu'elle a franchi la porte, les mains encombrées d'un tas d'épais dossiers, je lui ai trouvé l'air fatigué.

— Salut ma puce, comment ça va ?

Elle a saisi mon regard étonné sur son fardeau.

— Je travaille sur quelque chose... Je t'en parlerai quand ça deviendra un peu plus concret.

Elle a posé tout ça sur le bar. Ça faisait une pile impressionnante. D'aussi loin que je m'en souvienne, elle n'avait jamais fait ce genre de chose. Nous parlions peu de son travail et j'avais cru comprendre que, jusqu'à récemment, elle s'y ennuyait. J'avais bien posé quelques questions à une époque, lorsqu'il fallait répondre à l'inévitable « Et ta mère à toi, elle fait quoi ? », mais elle s'était contentée d'un résumé succinct qui ne m'avait pas donné envie d'en apprendre plus. Les dernières fois qu'elle avait abordé le sujet, c'était plutôt pour me rappeler l'importance de bien travailler en cours si je ne voulais pas me retrouver dans un « métier cul-de-sac » comme elle appelait le sien. Ce qu'elle ne précisait pas, c'est que, si elle se retrouvait bloquée aujourd'hui dans un emploi sans grand intérêt et sans perspectives d'évolution, ce n'était pas faute d'avoir bien travaillé, mais parce qu'elle s'était retrouvée enceinte à vingt-deux ans et qu'elle avait dû abandonner la fac avant d'avoir obtenu un diplôme qui lui aurait ouvert les portes. En pointant le bout de mon nez sans y avoir été invitée, j'avais mis un terme à toutes ses ambitions, mais ça, j'avais fini par le comprendre toute seule car elle ne me l'avait jamais fait sentir.

Finalement, je me suis lancée alors que nous étions en train de mettre la table et je lui ai demandé de but en blanc si papa n'avait pas un frère qui traînait encore là dehors, quelque part. Sa réponse a fusé, catégorique :

— Non.

J'ai insisté, à tout hasard :

— Mais peut-être que tu aurais pu ne pas être au courant ?

Elle a secoué la tête avec véhémence.

— Non, c'est impossible. On ne s'est pas connus très longtemps, mais crois-moi, je l'aurais su, s'il avait eu un frère ou une sœur. Il était fils unique, j'en suis sûre et certaine.

Chapitre 11

C'était un retour à la case départ, net et frustrant.

J'ai tout raconté à Tom et il m'a offert son épaule pour pleurer. Sauf que je ne pleure jamais, mais bon, c'était agréable de savoir que j'avais cette possibilité en cas de besoin. Allongés tête-bêche sur le vieux canapé du salon, on est partis dans des scénarios dignes de ces feuilletons télévisés en deux mille trois cent quatre-vingt-quatorze épisodes.

— Et si ton père lui-même n'était pas au courant, genre des jumeaux abandonnés à la naissance et adoptés dans des familles différentes ?

On s'est regardés et on a poussé un gros soupir, presque en même temps.

— T'y crois, toi ?

— Pas une seconde.

Après un court silence, il m'a demandé :

— Il y a autre chose… Il s'appelait comment, déjà, ton père ? Alexandre ?

— Non, Antoine. Pourquoi tu me poses cette question ?

— M. Aymet s'appelle Louis. Lila a découvert ça hier. Elle a dit très exactement : « Je pensais que c'était un prénom de vieux qu'on utilisait avant pour les rois de France, mais je vais devoir réviser mon jugement. »

J'ai accusé le coup. Encore un élément qui m'avait échappé, un détail sur lequel j'avais oublié de me pencher.

— Je sais que rien ne colle… Mais il a pu changer de prénom… ou bien utiliser son deuxième prénom.

Tom est resté silencieux. Il avait l'air de réfléchir. Au bout d'un instant, il a suggéré :

— Et si tu les mettais dans la même pièce pour voir ce qui se passe ? Ta mère et M. Aymet ? Tu as les ingrédients, il te suffit de les mélanger.

L'idée était séduisante. Efficace et facile à réaliser, mais pas sans danger.

— Et si ça m'explose à la figure ?

Il n'a pas nié la possibilité que cela arrive.

— À toi de voir si tu veux prendre le risque.

Je ne savais pas si j'avais envie de le prendre, ce risque, mais ce dont j'étais sûre, c'est que je voulais que les choses bougent. Je n'ai pas hésité longtemps.

— Oui. Je crois qu'on va faire comme ça.

Afin de mener à bien mon opération, j'ai décidé de torpiller ma première évaluation de SVT pour provoquer un rendez-vous parent-prof. La décision n'était pas facile à prendre, j'aime avoir de bonnes notes, ça flatte mon ego, mais j'ai trouvé que le jeu en valait la chandelle. Et puis, je me disais que je rattraperais facilement les dégâts en cartonnant par la suite, c'était une matière où je me débrouillais plutôt bien, voire très bien. Tom m'a un peu taquinée.

— Tu es sûre d'y arriver ? À avoir une mauvaise note, je veux dire.

— Je ferai un effort.

Des fois, c'était un peu flippant de voir à quel point il me connaissait.

La perspective d'avoir élaboré un plan d'attaque (même un plan tout bancal, au résultat plus qu'incertain) m'a permis d'arrêter de bloquer sur le problème. Je ne savais pas trop où tout cela me mènerait, mais j'étais soulagée à l'idée de ne plus faire du surplace.

Cela me laissait un peu de temps et d'énergie pour gérer mon problème numéro deux, Alex. Ou plutôt mon incapacité à rester moi-même en sa présence.

J'étais plus que décidée à faire des efforts. Je voulais que nos relations se normalisent, essentiellement parce que je n'aimais pas du tout la fille que je devenais lorsqu'il était dans les parages. Je me faisais l'impression d'être une potiche affublée d'un demi-neurone. Dès le lendemain, je me suis attelée à la tâche sans trop me poser de questions. Si je commençais à cogiter, ça deviendrait vite ingérable. Pendant la récréation, j'ai réussi un vrai tour de force, une conversation entière sans balbutiements et sans boulettes. Tom s'est tenu à distance, il a prétexté quelque chose à raconter à Maxime et s'est éclipsé dès le début de notre discussion, me laissant seule face au challenge. Le sujet n'était ni trop complexe ni trop personnel, un terrain d'entraînement parfait. Nous avons passé une bonne partie de la récréation à regarder ensemble comment allonger la durée de la sonnerie de son portable avant que son répondeur ne se déclenche. Rien de très impliquant au niveau émotionnel, ce qui m'a probablement beaucoup aidée. Concentrée comme jamais, j'ai réussi à éviter toute manifestation corporelle incontrôlée. La victoire n'était pas mince, du moins à mes yeux.

En retournant en cours, Tom m'a félicitée pour mes progrès.

— Je t'observais de loin, ça avait l'air à peu près normal.

— Moque-toi !

— Je ne me moque pas, je t'encourage.

Je faisais la fière, mais en réalité j'étais perdue. L'arrivée d'Alex, le trouble qu'il déclenchait en moi sans que je puisse rien faire pour m'en défendre, tout cela mettait à mal mes convictions, ma volonté de me tenir à l'écart de tout ce cirque ridicule qui rend les filles pénibles et les garçons affligeants. J'ignorais où j'allais, comment j'y allais et même si je voulais vraiment y aller. Un peu comme si on m'avait offert un voyage gratos à destination d'un pays étranger où, a priori, je n'avais jamais envisagé de mettre les pieds. C'était une situation très inconfortable, et moi j'aimais mon petit confort. J'avais un côté « vieille dans ma tête » sur les bords, j'étais très attachée à mes habitudes et mes certitudes. Mais là, pour la première fois, j'entrevoyais une brèche, une fissure, et, contrairement à ce que j'avais toujours cru, ce n'était pas juste un courant d'air désagréable qu'elle laissait passer, c'était un rayon de soleil. Restait à savoir si je voulais prendre le risque d'attraper une insolation.

À la fin de la journée, j'ai demandé à Tom s'il pouvait venir passer un moment à la maison. En me disant au revoir le matin même, maman m'avait annoncé qu'elle rentrerait encore tard et je n'avais aucune envie de me retrouver seule.

— Désolé, je ne vais pas pouvoir ce soir. Je dois travailler avec Laurie.

Je savais qu'il avait déjà passé une bonne partie de son samedi avec elle et je n'ai pas pu m'empêcher de demander :

— Alors ?

— Alors quoi ?

— Maxime et Alex avaient raison, non ?

Il a hésité un instant.

— J'en sais rien. J'ai pas trop l'habitude, tu sais.

Il a retrouvé son sourire pour me taquiner :

— Et c'est pas à toi que je vais pouvoir demander des conseils !

Chapitre 12

Vendredi, nous avions sport. Deux heures placées judicieusement en tout début de matinée pour que nous nous sentions poisseux et épuisés pendant les cours qui suivaient. Ça marchait à tous les coups. Cela dit, j'aimais bien le prof, M. Hardi. Il faisait des efforts pour nous faire croire qu'il adorait être là, et c'était un vrai gentil.

Ce matin-là, il avait prévu une initiation à la boxe. Les garçons étaient tous partants, les filles beaucoup moins. Il a formé des paires, en essayant d'équilibrer les forces en présence, et je me suis retrouvée face à Lila. Tom a hérité de Nicolas en toute logique, c'était le seul à lui arriver au moins aux épaules. Je lui ai jeté un regard compatissant. Je n'aimais pas Nicolas : sur une échelle de zéro à dix en termes de répugnance, je lui aurais mis sans problème quatre-vingt-douze, et encore, j'aurais été en dessous de la vérité. Ce type était une vraie fouine, inoffensif en apparence et pourtant tout à fait capable de saigner à blanc des petites bêtes innocentes (je sais, j'ai vu un documentaire sur les fouines). On le côtoyait depuis quelques années maintenant, et son mode de fonctionnement n'avait plus de secrets pour nous. La première approche était amicale, mais c'était un leurre. Son truc à lui, c'était de vous faire croire qu'il vous aimait bien et, dès que vous baissiez la garde et laissiez entrevoir une faiblesse, un secret, une fragilité, il s'empressait de divulguer l'information.

Tom et moi n'avions pas été directement ses victimes, mais nous avions assisté aux dégâts qu'il pouvait causer. Il y avait eu cette histoire avec Marie Sorin l'année dernière. Marie était une fille sympa, mignonne et juste un peu ronde. Elle semblait bien dans sa peau et elle avait plein d'amis. Nicolas en faisait partie. Un jour, elle lui avait prêté son portable pour qu'il puisse passer un coup de fil et, en farfouillant dedans, il avait déniché des photos d'elle en maillot de bain prises l'été d'avant. Les photos s'étaient retrouvées sur les réseaux sociaux. Apparemment, Nicolas s'était excusé en lui disant qu'il l'avait trouvée très jolie et qu'il n'avait pas pensé que ça pouvait la blesser. J'avais du mal à le croire. Je n'avais pas vu les photos, mais j'avais entendu les commentaires. Ça ne parlait que de cellulite et de bourrelets. Marie avait quitté le collège à la fin de l'année. Je suppose que c'était devenu compliqué pour elle de se dire que chaque personne qu'elle croisait l'avait vue sous un jour qu'elle n'avait pas choisi de montrer.

Tom s'interrogeait sur le pourquoi de ses agissements, moi je ne me donnais pas cette peine. Ce type était nuisible, il ne méritait même pas qu'on lui accorde des circonstances atténuantes.

On était là, tous à sautiller en faisant plus ou moins semblant de se taper dessus, lorsque soudain un cri perçant nous a fait sursauter. Je me suis retournée pour voir d'où ça venait et j'ai vu tout le monde se diriger vers la paire Tom-Nicolas. En m'approchant, j'ai découvert Nicolas assis par terre, tenant sa main serrée contre sa poitrine. Il avait les larmes aux yeux. Le prof a décidé de l'emmener à l'infirmerie.

— Je fais l'aller-retour. Soyez sages !

Tandis qu'ils s'éloignaient, je me suis approchée de Tom.

— Bien joué, camarade !

Tom m'a jeté un regard indigné.

— Mais j'ai pas fait exprès !

— S'il te plaît, me déçois pas !

Après cette séance mémorable, nous devions embrayer sur une heure de maths. L'emploi du temps rêvé, histoire de finir la semaine en beauté.

Valium, sans doute trop fatiguée pour le faire elle-même, avait décidé d'envoyer des élèves corriger les exercices au tableau. Les volontaires ne se bousculant pas, elle a désigné Laurie. La pauvre, on voyait bien qu'elle y allait à reculons, sa feuille à la main, elle a relu trois fois ses calculs avant d'oser se lancer. Lorsqu'elle a fini, Valium est sortie deux secondes de sa léthargie pour lui demander de nous expliquer son raisonnement. Laurie a commencé par parler tout doucement, puis, à un moment, j'ai surpris un échange de regards entre elle et Tom. Il lui a fait un petit signe discret de la main, un pouce levé accompagné d'un sourire complice. À partir de là, c'était comme si Laurie n'avait plus eu peur et elle a fini sa démonstration avec aisance.

Ce soir-là, à la fin des cours, je pensais que Tom me proposerait de passer chez lui ou de venir chez moi, comme nous le faisions quasiment chaque vendredi. C'était notre façon à nous de célébrer le début du week-end. J'ai attendu qu'il me rejoigne sur le pas de la porte de la salle de classe en discutant avec Quentin. Alors qu'il se levait, Laurie l'a rejoint. Quand ils sont arrivés à notre hauteur, Laurie nous a lancé :

— On va boire un coup, vous venez ?

J'ai senti un pincement au cœur, je n'ai pas très bien compris ce qu'il signifiait. Ou je n'ai pas voulu comprendre.

Nous nous sommes tous retrouvés dans le petit bar qui se trouvait sur l'avenue, à deux pas du collège. L'ambiance était détendue et nous avons traîné en buvant nos sodas, je n'ai pas vu le temps passer. Puis le ciel a commencé à s'obscurcir et j'ai réalisé qu'il était peut-être temps que je rentre. J'ai dit au revoir à tout le monde, Tom, en grande conversation avec Laurie, m'a juste adressé un signe de la main. J'ai essayé d'être contente pour lui et je me suis dépêchée de rentrer, en me demandant si maman était déjà à la maison. Je montais les marches de l'escalier lorsque j'ai entendu son rire. Le rire de maman ne ressemble à aucun autre, et je ne dis pas cela simplement parce qu'il s'agit de ma mère. Je me fais cette réflexion chaque fois que je l'entends, il ressemble à un chant d'oiseau, aérien mais puissant. Lorsque j'étais petite, il me suffisait de l'entendre pour savoir que tout allait bien. Certains enfants ont des peluches crasseuses ou des morceaux de tissu en lambeaux pour se rassurer, moi, j'avais le rire de maman. J'ai accéléré le pas et poussé la porte, pressée de l'entendre à nouveau.

Je l'ai trouvée assise sur un tabouret, appuyée contre le bar. Elle avait étalé des papiers sur le plan de travail, ils en recouvraient le moindre centimètre carré.

— Salut, maman, tu bosses encore ?

Elle m'a adressé un sourire joyeux.

— Oh oui ! Nous avons presque terminé !

— Nous ?

Elle a fait un geste en direction de la cuisine, juste derrière elle, et j'ai aperçu Hervé qui revenait vers le bar précédé par sa moustache, une tasse de café dans les mains.

— Bonjour, Marion.

J'ai fait un drôle de bruit avec ma bouche. Avec beaucoup d'indulgence, ça pouvait peut-être passer pour un salut. Maman m'a lancé un regard étonné, Hervé a fait comme si tout était normal.

Il s'est assis sur le tabouret à côté de celui de maman et je suis restée scotchée, hypnotisée par leurs bras qui se frôlaient. Il y a eu quelques secondes de silence pas vraiment gêné mais pas complètement naturel non plus. J'ai fini par lâcher :

— Bon, ben je vous laisse finir.

Mais, cette fois, maman ne m'a pas laissée m'éclipser.

— Attends ! On finira tout à l'heure. Viens dîner avec nous, s'il te plaît. Je viens de commander des pizzas, elles ne devraient pas tarder à arriver.

— Oh ! Tu veux que je mange avec vous ?

Je me suis sentie piégée, je n'avais pas envie de voir ça, aucun désir d'assister à cette intimité naissante entre ma mère et un homme que, malgré tous mes efforts, je n'arrivais pas à percevoir comme autre chose qu'un gêneur affublé d'une prothèse pileuse. J'ai repensé aux mots de Tom et je me suis dit que peut-être il avait raison. Je n'étais pas si irréprochable que ça.

Alors j'ai posé mon sac et je suis allée m'asseoir avec eux.

Je n'ai pas eu de surprise, ni bonne ni mauvaise. Hervé s'est révélé aussi ennuyeux qu'il en avait l'air. Il ne parlait pas beaucoup et, lorsqu'il ouvrait la bouche, c'était pour dire des trucs sans intérêt. Plus le repas avançait, plus je me demandais ce que maman pouvait bien lui trouver. En cherchant très fort, très longtemps, j'ai fini par lui trouver une qualité : il était gentil avec ma mère et elle avait l'air d'apprécier. Je pouvais au moins lui accorder ça.

J'ai eu une pensée fugitive pour le guet-apens que je voulais tendre à maman, et un début de culpabilité s'est mis à germer dans mon esprit. Je ne l'avais jamais vue aussi proche d'un homme. Elle n'était peut-être pas tout à fait amoureuse, mais ça en prenait la direction. Est-ce que j'avais le droit de me mettre en travers de son chemin ?

Chapitre 13

Le samedi, j'ai accepté d'accompagner maman dans un magasin de déco, histoire de chercher quelques bricoles pour sa soirée d'anniversaire qui se rapprochait à grands pas. J'y allais à reculons, mais en fin de compte ça s'est révélé assez amusant. On s'est un peu perdues dans le rayon « cérémonie de mariage », où je suis restée un long moment perplexe devant de drôles de petits coussins blancs dégoulinant de dentelle et affublés de mini-colombes empaillées. A priori, pour ceux que ça intéresserait, ça servirait à porter les alliances des futurs mariés. On a fini par trouver ce qu'on cherchait dans la section « articles pour l'extérieur ». Après de nombreuses hésitations, maman avait finalement décidé de suivre les conseils de sa vieille copine Sandra et de choisir un thème « Campagne chic ». Le concept me paraissait plutôt flou et je lui ai demandé :

— Ça consiste en quoi, exactement ? Tu demandes aux invités de venir bien habillés et tu les fais asseoir dans l'herbe ?

— Non, il y aura des chaises. On mettra des planches avec des tréteaux pour le buffet et des petits lampions dans les arbres. Mme Giffault a proposé de mettre le jardin à notre disposition quand je l'ai invitée, alors autant en profiter.

J'imaginais assez bien le résultat. Le jardin n'était pas immense, mais il avait un charme flagrant qui n'échappait à personne, pas même à moi. On était très loin des allées tirées au cordeau, des buissons taillés à la perfection. Il n'y avait aucune rigueur dans cet ensemble, mais l'impression générale qui s'en dégageait était bel et bien l'harmonie. Mme Giffault y passait des heures, imposant à ses vieilles articulations de longues séances d'arrachage de mauvaises herbes, elle ne ménageait pas sa peine mais prétendait que ses arbustes et ses fleurs le lui rendaient bien. À deux ou trois reprises, je l'avais vue s'échiner à la tâche et j'étais allée bavarder avec elle. Chaque fois, j'avais fini par lui donner un coup de main, et j'avais découvert ainsi les vertus apaisantes du jardinage. Une fois qu'on a identifié l'ennemi, il y a un côté à la fois défoulant et jouissif dans le fait de le traquer puis de l'éliminer méthodiquement, centimètre carré par centimètre carré. Elle m'avait appris à reconnaître le mouron, petite liane discrète et fragile qui vient en nombre mais se laisse arracher sans opposer trop de résistance, alors que le pissenlit est une espèce coriace, qui ne se rend pas sans se battre.

— Tu comprends, me disait-elle, au printemps, tous les enfants du monde répandent leurs graines légères en soufflant pour faire des vœux. Comment veux-tu te battre contre les vœux des enfants ? C'est une guerre que nous ne gagnerons jamais, et je m'en réjouis !

J'aimais ces moments. Avec elle, le jardinage avait des allures de film d'action, la poésie en plus.

Nous avons trouvé tout ce qu'il nous fallait, et même un peu plus encore. Après les guirlandes de lampions et les nappes en papier gaufré, maman a craqué aussi pour une grande jarre en verre qui faisait office de distributeur de boissons avec son petit robinet rétro. Je dois avouer que je trouvais ça plutôt joli. Je l'ai aussi convaincue de prendre quelques flambeaux en osier à planter dans la terre. Je commençais à me prendre au jeu.

Sur le chemin du retour, je m'étais souvenue d'une chose.

— À propos de soirée, je suis invitée vendredi prochain, tu sais.

— Ah bon ? Chez qui ?

— C'est un nouveau, tu ne le connais pas. Il s'appelle Alex.

Elle a haussé les sourcils, l'air soudain très intéressé.

— Tu vas y aller ?

— Oui, avec Tom. En fait, toute la classe est invitée. C'est une sorte de soirée d'intégration.

— Et il est comment, cet Alex ?

— Sympa.

— Mignon ?

— Ouaip.

J'ai senti qu'elle avait très envie de me poser plein de questions, mais elle s'est retenue. Elle s'était sans doute souvenue de la première et dernière fois où elle avait tenté de me soutirer des informations sur ma très hypothétique vie amoureuse. J'avais répondu :

— Je préfère m'abstenir, maman. J'envisage très sérieusement le célibat à vie.

Le désarroi dans ses yeux m'avait fait de la peine, mais je le pensais si fort que je n'arrivais pas à regretter mes paroles.

Dimanche, j'ai été réveillée par des coups discrets frappés à la porte. J'ai regardé mon réveil, il était à peine neuf heures. Un peu tôt pour un dimanche matin. J'ai marmonné :

— Je suis pas là.

Mais je n'ai pas dû être convaincante, parce que j'ai entendu la poignée se baisser et quelques secondes plus tard Tom s'est assis sur mon lit.

— Salut.

Il a attendu que j'émerge, il me devait bien ça.

— T'es tombé du lit ?

— Si on veut. Depuis la rentrée, Élisa se réveille à sept heures tous les jours, samedi et dimanche compris.

— Et c'est toi qu'elle vient chercher ?

— Elle dit que je suis le seul à pas être grognon.

— Ben, râle un bon coup la prochaine fois, comme ça elle te laissera tranquille.

— T'es folle. J'adore quand on est seuls tous les deux. On se fait des tartines de Nutella.

— Ta mère achète du Nutella ?

Ma question était légitime, imaginer Julie achetant du Nutella, c'était un peu comme envisager un végétarien s'empiffrant de foie de veau.

— Non, c'est papa qui le fait rentrer en contrebande dans la maison.

J'ai éclaté de rire.

— Et donc, t'as décidé que tu ne devais pas être le seul à être privé de grasse mat ?

— En quelque sorte. Et je voulais te parler d'un truc, aussi.

Comme il ne disait plus rien, j'ai suggéré :

— Laurie ?

Il a hoché la tête.

— Je croyais que c'était pas à moi que t'allais demander des conseils ?

— C'était toi ou ma mère.

— Ah ! dans ce cas…

Chapitre 14

Je connaissais Tom depuis nos sept ans et nous en avions maintenant quatorze, il y a des mariages qui durent bien moins que ça. Autant dire que nous n'avions plus beaucoup de secrets l'un pour l'autre. Quand il est venu me voir ce dimanche matin, j'ai vite senti qu'il marchait sur des œufs. J'ai attendu qu'il se lance, mais il n'avait pas l'air de savoir par où commencer. Moi-même n'étant pas une experte sur le sujet qui nous préoccupait, je sentais que l'affaire se présentait mal. J'ai donné toute la mesure de mon talent de psychologue en tentant d'amorcer la conversation :

— Alors ça y est, elle t'a sauté dessus ?

— Marion !

— Quoi ?

— Tu ne peux pas être un peu plus… subtile ?

— Ah non, ça, je peux pas.

Il a eu l'air désespéré, mais j'ai vu qu'il retenait un sourire. Il a laissé passer une ou deux minutes puis s'est finalement décidé :

— Si Maxime et Alex ne m'avaient rien dit l'autre jour, je n'aurais probablement rien remarqué.

— Qu'est-ce que tu as remarqué ?

— Je ne sais pas, sa façon de me sourire, de me toucher le bras. J'ai l'impression qu'elle a envie de passer du temps avec moi. Et pas seulement pour que je l'aide en maths.

— Tu veux que je te dise ? Je me demandais combien de temps tu mettrais avant de t'en apercevoir.

— Toi aussi ?

J'ai haussé les épaules.

— Tom, elle te dévore littéralement des yeux.

— Mais pourquoi ?

Sa question m'a prise de court.

— Comment ça, pourquoi ?

— Enfin c'est de moi qu'il s'agit, tu te souviens ?

— Et alors ? T'es beau comme un dieu, non ?

Cette fois il a baissé la tête, comme s'il était un peu fatigué de mes bêtises.

— C'est une des plus jolies filles de la classe, et je suis censé lui plaire ?

— Faux. Tu n'es pas censé lui plaire, tu lui plais. Je crois qu'à ce stade tu es vraiment le seul à penser que le doute est encore possible.

— Ce n'est pas tout à fait vrai. Je commence à y croire, mais c'est juste que je ne comprends pas pourquoi.

— C'est vraiment important ?

— Marion, on parle de moi, là. Je suis le mec qui a les cheveux rouillés et des taches plein la tronche, et Laurie…

— Quoi, Laurie ?

— Eh bien, elle pourrait choisir n'importe qui.

— OK, on en est encore là ?

Je n'étais pas surprise, je savais bien que son physique était toujours un sujet sensible. Je le savais parce que c'était la seule chose dont nous ne parlions jamais vraiment honnêtement. Pour tout le reste, on se confiait sans retenue, presque sans pudeur, mais, quand nous abordions ce terrain-là, il dégainait son humour comme un paravent.

J'ai senti le découragement me gagner, avec une pointe de colère aussi. J'en voulais à Tom d'être à ce point aveugle, j'en voulais surtout à tous ceux que nous avions croisés et qui lui avaient brandi méthodiquement un miroir déformant, jusqu'à ce qu'il devienne incapable de démêler le vrai du faux.

Maman est venue frapper à la porte à ce moment-là, ça tombait plutôt bien.

— Les jeunes, je viens de rapporter des croissants de la boulangerie, ils sont tout chauds, vous venez ?

J'ai soupiré et je me suis levée.

— Allez, on y va, ça lui fera plaisir.

J'avais besoin d'air. D'une pause aussi. Je sentais que ça n'allait pas être facile.

J'ai croqué dans mon croissant comme si je lui en voulais à mort. Maman, habituée à me voir ronchonner au réveil, n'a pas fait attention à mon humeur sombre. Tandis qu'ils parlaient tous les deux, je cherchais un moyen de rendre à Tom une part d'estime, ce truc invisible et indispensable qui permet de ne pas trop subir le regard des autres. Je n'ai pas eu à trop me creuser la tête, maman a pris les choses en main sans que je lui aie rien demandé.

— Dis donc, Tom, tu as vraiment grandi pendant ces vacances. Tu vas faire des ravages avec les filles…

C'était dit avec un tel naturel que ça ne pouvait pas passer pour de la flatterie. J'ai vite saisi l'occasion au vol.

— Tu sais qu'il se trouve moche ?

Maman a ri comme si je venais de dire une absurdité.

— Non, je suis sérieuse. Il déteste ses cheveux et ses taches de rousseur.

De l'autre côté de la table, j'ai vu Tom qui commençait à piquer un fard. Apparemment, il avait le droit de me dire qu'il n'était pas beau mais je n'avais pas le droit d'en parler devant les autres. Maman l'a regardé d'un air incrédule, puis elle a enchaîné avec conviction :

— Tu ne peux pas dire ça, Tom. Il y a des tas d'hommes roux qui sont extrêmement séduisants.

— Comme qui ?

Là, maman a hésité un peu trop longtemps pour qu'on ne le remarque pas. Moi qui commençais à y croire, j'ai senti le vent tourner. J'ai dit le premier nom qui me passait par la tête :

— Ron, dans *Harry Potter* !

Tom a affiché une moue dubitative.

— Il est considéré comme séduisant, lui ?

Bon, d'accord, l'exemple n'était pas le mieux choisi.

— Mais, si je me souviens bien, c'est lui qui a fini avec Hermione.

Je m'enfonçais et je le sentais.

Maman a tenté sa chance :

— L'acteur de la série *Homeland*, je ne me souviens plus de son nom !

— Je ne l'ai pas vue…

— Et celui des *Experts*… David Caruso, je crois ?

Tom avait l'air toujours aussi peu convaincu, et aucun autre nom ne m'est venu à l'esprit. Maman semblait en panne d'idées elle aussi. La démonstration tournait court.

Chapitre 15

Nous étions dimanche soir, j'avais du mal à trouver le sommeil. J'appréhendais la semaine à venir. Entre l'évaluation de SVT sur laquelle j'avais fondé tout mon plan et la soirée d'Alex qui aurait lieu le vendredi, je me doutais qu'elle ne serait pas de tout repos. Il y aurait des remous forcément, des vagues peut-être, un tsunami éventuellement.

J'ai lâché la bride à mes pensées, mon esprit s'est emballé. Après avoir rêvé les retrouvailles de mes parents, une scène d'anthologie sortie tout droit d'un film romantique comme ceux qu'affectionne Tom, j'ai envisagé une dispute, des cris, des pleurs. Les possibilités se succédaient, s'opposaient et se mélangeaient dans mon esprit jusqu'à former un imbroglio sans queue ni tête. Mon imagination m'épuisait, comme un enfant turbulent auquel on demande mille fois de se taire et qui revient à la charge encore et encore. J'ai fini par m'endormir quand même, mais mes rêves n'ont pas été de tout repos.

Le lendemain, je suis partie au collège avec la vivacité d'esprit d'un poisson rouge. J'étais en mode batterie faible, mais il n'y avait pas moyen de recharger dans l'immédiat. Pendant le cours de Valium, j'ai bien failli m'endormir douze fois. Heureusement, Tom intervenait dès que ma tête menaçait de tomber sur la table. Je me suis traînée comme ça jusqu'au cours de SVT.

Lorsque M. Aymet a enfin distribué les questions pour l'évaluation, ça m'a fait mal au cœur. Aucun piège, un exercice tout simple, deux définitions à donner, un schéma basique à légender. La seule difficulté, c'était qu'il nous laissait seulement vingt minutes pour rendre notre copie. Cela dit, même avec un quart d'heure j'aurais eu le temps de me relire trois fois. L'occasion idéale de s'en sortir avec un vingt. J'aimais bien les vingt. Beaucoup plus que les petits joueurs dix ou les excentriques trente. Les vingt ont un côté sérieux et professionnel que j'apprécie au plus haut point. Saboter cette évaluation, c'était renoncer à une victoire certaine.

J'ai respiré un grand coup, je me suis souvenue de l'enjeu et je me suis lancée. Au début, j'ai envisagé de rendre une feuille blanche, mais, après réflexion, je me suis dit que notre professeur avait forcément accès à notre dossier scolaire et à nos notes des années précédentes. Face à un tel effondrement, plutôt que de demander à voir ma mère, il m'aurait sans doute envoyée consulter la psychologue scolaire qui vient s'ennuyer dans un minuscule bureau du rez-de-chaussée une fois tous les quinze jours. La pauvre, je n'avais jamais vu personne franchir sa porte en trois ans de collège. Je ne souhaitais pas être la première. Pour éviter que cela n'arrive, j'ai subtilement organisé mon échec. J'ai pris bien soin de faire des réponses bâclées et à côté de la plaque, comme si j'avais vraiment travaillé mais tout compris de travers. À la fin du temps imparti, le prof est passé dans les rangs récupérer nos copies.

Je me demandais déjà combien de temps il mettrait à nous les rendre.

Tom s'est tourné vers moi.

— Alors, tu l'as joué comment ?

— Finement.

Il a haussé un sourcil, l'air plus que dubitatif.

— Pourquoi ? Tu ne m'en crois pas capable ?

Il a souri.

— Tu as plein de qualités, mais la finesse…

Il a laissé sa phrase en suspens, comme si la réponse était évidente. J'avais envie de le frapper et de rigoler aussi.

— T'es con !

— C'est bien ce que je disais.

Je suis rentrée à la maison avec autant d'entrain que j'en étais partie. En poussant le portillon, j'ai entendu la musique de Mme Giffault. Elle écoutait des airs d'opéra, des sonates pour piano, des morceaux joués par des instruments improbables comme des hautbois ou des flûtes traversières. J'avais découvert tout ça avec elle et, contre toute attente, j'aimais bien, c'était comme un voyage en terre exotique pour mes oreilles. Je me suis dirigée vers l'arrière du jardin pour aller à sa rencontre. Elle occupait le rez-de-chaussée de la maison et disposait d'une grande véranda où elle passait le plus clair de son temps quand elle n'était pas occupée à jardiner. Lorsqu'elle m'a aperçue, elle a eu l'air ravie d'avoir de la compagnie.

— Marion ! Tu arrives juste à temps pour le thé.

— Bonjour, madame Giffault.

Comme chaque fois, elle m'a demandé de l'appeler par son prénom, Ethel. Comme chaque fois, je lui ai répondu « D'accord » en sachant pertinemment que je n'y arriverais pas.

Je me suis approchée pour lui faire la bise. J'aimais bien ça. Sa peau avait la douceur d'un tissu velouté et des odeurs de poudre et de caramel.

— Ton fiancé n'est pas là ?

J'ai secoué la tête. Ça faisait bien longtemps que j'avais renoncé à la détromper elle aussi. La première fois qu'elle avait vu Tom, nous avions passé un après-midi à l'aider à débarrasser le jardin de ses feuilles mortes. Lorsque nous avions enfin terminé, elle avait posé une main sur mon épaule et avait déclaré dans un souffle :

— Je ne m'en serais pas sortie sans ton aide et celle de ton fiancé.

— En fait, ce n'est pas mon fiancé.

Elle nous avait regardés tour à tour puis s'était contentée d'observer :

— Ah, pas encore ?

Je me suis assise à ma place habituelle, un vieux fauteuil rouge sombre avec, au niveau des pieds, une frange de pampilles dorées, et Mme Giffault est arrivée, son petit plateau argenté dans les mains. C'était une autre des découvertes que j'avais faites à ses côtés. Le jardinage, la musique classique, le thé... Au début, je ne faisais que tremper mes lèvres, puis, petit à petit, j'avais découvert que j'aimais ça.

— Alors, cette rentrée ? Tu es contente ?

— Oui, plutôt.

Pendant qu'elle versait le thé dans les tasses, j'ai jeté un coup d'œil autour de moi. Elle avait fait du rangement, la pièce me semblait plus vaste, plus vide aussi.

— Vous avez changé quelque chose ?

— Je me suis débarrassée de ma salle à manger. Je ne m'en servais plus et elle prenait bien trop de place. J'ai aussi mis de côté des affaires à donner. Si tu veux choisir pour toi ou ta maman, je serais enchantée de vous les offrir, a-t-elle ajouté en désignant un coin de la pièce où s'entassaient quelques objets hétéroclites. Je distinguais une pile de vêtements surmontée d'un chapeau cloche en laine bleue, une vieille malle en cuir et un tableau appuyé contre le mur.

Je me suis approchée et j'ai essayé le chapeau.

— Comment il me va ?

— Très bien. Regarde, m'a-t-elle proposé en m'indiquant le miroir derrière elle.

Dans la glace, la jeune fille qui me regardait était tout droit sortie d'un roman des Années folles. Je me suis trouvée presque jolie.

— Je veux bien le prendre, si vous êtes certaine de ne plus vouloir le mettre.

Elle a hoché la tête, ravie.

— Sur moi il fait désuet, alors que sur toi il est terriblement chic !

Mon regard s'est arrêté sur le tableau. Un homme, debout contre une cheminée, paraissait s'y ennuyer depuis des décennies. J'ai cherché une ressemblance avec Mme Giffault mais n'en ai trouvé aucune.

— Qui est-ce ?

Elle a balayé l'air de sa main, comme si ça n'avait aucune importance.

— Oh, lui, c'était mon mari.

J'ai regardé à nouveau l'homme figé dans sa morosité, son costume triste, son regard éteint et sa bouche sévère. Le parfait opposé de Mme Giffault.

— Il était comment ?

— Sans intérêt.

J'ai retenu un rire.

— Sérieux ? Mais pourquoi vous vous êtes mariée avec lui, alors ?

— Sans doute parce que je n'ai pas eu mon mot à dire. Il était fortuné, veuf et sans enfants, mes parents ne pouvaient pas refuser une telle offre et, à cette époque, les filles obéissaient encore.

— Oh, c'était un mariage forcé ?

— Un mariage forcé ? Non, je ne pense pas qu'on puisse dire cela. Personne ne m'a vraiment forcée. Simplement, je ne savais pas que j'avais le droit de dire non.

— Et vous avez été malheureuse ?

— Même pas. Mais qu'est-ce que je me suis ennuyée ! Cela dit, ça n'a pas duré bien longtemps. Je me suis retrouvée veuve à peine trois ans après notre mariage.

— Vous ne vous êtes pas remariée ?

— Grands dieux, non ! Une fois qu'on a goûté à la liberté, la cage ne présente plus beaucoup d'attraits.

Elle s'est rapprochée du portrait et l'a regardé un petit moment.

— Pauvre Édouard, rien qu'en le regardant j'ai envie de bâiller.

Elle a pris le cadre et l'a retourné, face contre le mur.

Chapitre 16

Je n'avais pas osé l'espérer, mais M. Aymet a rendu les évaluations dès le mercredi suivant. En le voyant sortir les copies de son sac, je n'ai pas pu retenir un soupir un peu trop sonore qui a attiré l'attention sur moi et même déclenché quelques rires incrédules. J'ai baissé la tête vers mon cahier pour échapper aux regards.

Le prof a choisi de rendre les copies de façon aléatoire, sans annoncer les notes à voix haute. La méthode que j'appréciais le plus, la seule qui laissait l'initiative aux élèves de révéler ou pas aux autres leur performance. Quand il a prononcé mon nom, j'ai levé une main hésitante, je commençais à avoir le trac. Il a déposé la feuille sur mon bureau sans rien dire. J'ai attendu quelques secondes avant de baisser enfin les yeux. La note se détachait dans le coin en haut à droite, un magnifique six sur vingt, pile ce que j'avais souhaité ! J'ai failli éclater de rire avant de réaliser in extremis que ce n'était peut-être pas une bonne idée. Tom s'est penché pour regarder et il a hoché la tête d'un air appréciateur.

— Bravo, championne !

J'ai passé le reste de la journée à me demander de quelle façon j'allais présenter les choses à maman. J'avais la mauvaise note, restait à savoir comment provoquer le rendez-vous avec le prof. En fait, lorsqu'elle est rentrée, je n'ai surtout pas pris le temps de réfléchir, je lui ai mis ma copie sous le nez et j'ai récité la phrase que j'avais plus ou moins préparée sur le trajet du retour :

— Je me suis plantée en SVT, le prof voudrait te voir.

Elle a enlevé son imperméable, posé son sac à main et pris la copie que je lui tendais.

— Six ?

Elle a parcouru mon devoir tandis que je rongeais mon frein dans mon coin. Je baissais la tête comme si j'avais honte de mon travail.

— Ce n'est pas très bon, mais c'est la première fois, non ?

— Oui, c'est pour ça qu'il veut te voir.

Elle s'est assise sur un des tabourets du bar, l'air de ne pas trop comprendre.

— Mais c'est un accident de parcours, non ? Je suis certaine que tu vas avoir à nouveau d'excellentes notes dès la prochaine évaluation. J'irai au rendez-vous, bien sûr, mais je ne crois pas que ça serve à grand-chose. Cela dit, c'est rassurant que vos professeurs soient aussi vigilants.

Elle est allée se servir un verre d'eau, puis a rajouté :

— Il veut me voir quand, ce monsieur ?

Je ne l'avais pas vue venir, celle-là, j'ai bafouillé :

— Euh, il te laisse le choix.

— C'est gentil, ça. Il est tous les jours au collège ?

— Les lundis oui, un mercredi sur deux et je crois qu'il est là aussi les vendredis. Les autres jours, je ne sais pas.

Je suis allée chercher mon carnet de correspondance et je l'ai ouvert à la page « rendez-vous parents-professeurs ».

— Tu n'as qu'à le noter ici.

— Lundi prochain, je dois pouvoir me libérer assez tôt. Tu crois que ça ira ?

— Ce sera parfait. Enfin, je pense.

Elle a griffonné deux lignes sur le carnet, puis me l'a rendu en observant :

— C'est la toute première fois que je suis convoquée par un professeur.

— T'inquiète, maman, ça risque pas de se reproduire !

Pendant le repas, maman a veillé à me rassurer.

— Ça peut arriver à tout le monde. On ne peut pas être bon partout tout le temps. Je veux que tu saches que je suis fière de toi, tu travailles bien, tu te gères toute seule. Je connais des tas de gens qui ne peuvent pas en dire autant de leurs enfants. J'ai de la chance de t'avoir, ma puce !

D'autres parents, dans d'autres familles, n'auraient sans doute pas pris les choses aussi calmement. Mais il est vrai que nous n'étions pas n'importe quelle famille.

Je me suis sentie mal. Je complotais en douce pour la mettre dans une situation qui ne serait pas facile, et tout ce qu'elle trouvait à faire, c'était me chercher des excuses.

Au moment du dessert, elle a semblé se souvenir soudain de quelque chose et elle s'est levée d'un coup pour aller chercher un sac en plastique qui traînait près de la porte. Quand elle me l'a tendu, j'ai reconnu le nom d'une de ces chaînes de magasins de vêtements pour ados à la mode, le genre où l'on trouve tout ce qui ne me ressemble pas. Avant même de l'ouvrir, je savais que ça ne me plairait pas. J'avais choisi mon uniforme quotidien vers l'âge de dix ans : un jean, un tee-shirt, uni de préférence, des baskets en toile aux pieds et un sweat en hiver. Depuis, je n'avais fait qu'une seule entorse, pour les soixante-dix ans de papy François. Maman avait insisté pour que je porte un petit bout de tissu rose plein de volants qui laissait mes jambes à l'air libre. Ridicule et inconfortable à la fois, j'avais juré de ne plus me faire avoir à nouveau. Elle a perçu mon mouvement de recul mais n'a pas paru blessée, elle devait s'y attendre.

— C'est pour ta soirée, vendredi.

— Maman…

— Ouvre-le, s'il te plaît.

J'ai estimé que je l'avais assez malmenée pour la soirée et que je pouvais faire un petit effort. J'ai plongé une main dans le sac et j'en ai retiré un morceau d'étoffe blanc doux et léger.

— Tu la tiens à l'envers. C'est une robe.

J'ai retourné la chose. C'était effectivement une robe, assez courte pour ce que je pouvais en voir, mais au moins elle n'avait pas de volants.

— Je sais que ce n'est pas tout à fait ce que tu aimes porter, mais essaie-la au moins. Si vraiment tu n'en veux pas, j'irai faire un échange. Ils ont de magnifiques tee-shirts blancs en coton bio.

— D'accord, je l'essaierai, promis.

Chapitre 17

Mentir n'est pas si difficile. Il suffit de se persuader que l'on dit vrai. C'est comme ça que j'ai procédé le lendemain. Pendant la récréation, je me suis échappée en vitesse pour aller débusquer M. Aymet en salle des profs. Je l'ai repéré tout de suite devant la machine à café. Il était en grande conversation avec la jolie prof de sport des sixièmes, surnommée « la bombe » par tous les garçons pubères du collège. Elle lui parlait en tortillant sa queue-de-cheval entre ses longs doigts manucurés. Tout juste si elle ne bavait pas. Ça m'a agacée et, du coup, je n'ai pas eu le moindre scrupule à venir les interrompre en pleine parade nuptiale. Je me suis plantée devant lui avec mon carnet de correspondance et j'ai presque coupé la parole à la pom-pom girl.

— Ma mère voudrait vous rencontrer lundi prochain.

S'il était contrarié, il n'en a rien montré. Il a pris mon carnet, a lu le mot de maman et a simplement répondu :

— Il y a un souci ?

— C'est à cause de l'évaluation.

Il a eu l'air surpris.

— Ce n'était pas si catastrophique. J'ai vu tes notes de l'an dernier, je suis persuadé que tu vas vite rattraper tout ça.

— Sûrement. Vous me donnez une heure pour le rendez-vous, alors ?

Il a souri. Soit on l'avait déjà briefé sur mon côté un peu trop nature, soit c'était juste un type cool.

— Seize heures, tu crois que ça lui conviendrait ?

— Elle sera là.

— Tu lui diras que je peux l'attendre jusqu'à dix-sept heures en cas de besoin.

Il a noté l'heure et m'a rendu le carnet. J'ai quand même pensé à lui dire merci avant de tourner les talons. Dans mon dos, j'ai entendu la bombe s'exclamer :

— Elle ne manque pas de culot, celle-là !

Déjà que je ne la tenais pas en très haute estime, là elle est carrément sortie des radars.

Tom guettait mon retour, assis sur notre banc. Je n'ai même pas attendu qu'il me pose la question.

— Mission accomplie. Ils ont rendez-vous lundi prochain à seize heures !

Il m'a lancé un regard admiratif.

— Quelle efficacité !

— Ouaip, pas trop mal.

— Et en attendant ?

— En attendant, je pense à autre chose.

— La soirée d'Alex, par exemple ?

— Par exemple.

— Je passe te chercher et on y va ensemble ?

— Tu ne devrais pas proposer à Laurie, plutôt ?

Il a secoué la tête comme si je n'avais toujours rien compris.

— Et risquer de me prendre un râteau ?

J'ai pris ma voix de petite vieille, celle que j'aime utiliser pour lui faire la leçon ou lui donner des conseils :

— Tom, voyons, qui ne tente rien n'a rien !

— Tu m'excuseras, je préfère encore rien au râteau.

— Petit joueur, va !

— Parce que tu vas demander à Alex, toi ?

— N'importe quoi, les filles n'invitent pas les garçons !

Il a ricané :

— Depuis quand ça t'arrête ce qui se fait ou ce qui se fait pas ?

La fin de la semaine était passée en pointillé. J'avais mis de côté l'invitation d'Alex et le rendez-vous de maman avec M. Aymet, rangés dans un coin de ma tête. J'attendrais de ne plus avoir le choix pour les affronter, c'était ma façon à moi de ne pas me laisser déborder. Je savais que, si j'ouvrais un peu la porte, je n'arriverais plus à la refermer. Simple question de volonté. Et puis le vendredi est arrivé et il a bien fallu faire face à la première échéance. En pénétrant dans les vestiaires pour le cours de sport, j'ai senti que l'ambiance n'était pas tout à fait comme d'habitude. Il y régnait l'excitation familière des fins de semaine, ce relâchement perceptible qui annonce l'arrivée du week-end, la perspective des grasses matinées et des activités diverses pour les plus sociaux d'entre nous, mais il y avait un bruissement en plus. La soirée d'Alex était au centre de toutes les conversations. Je me suis isolée sur un banc pour ne pas entendre, rester à l'écart encore un peu. Je commençais à regretter d'avoir accepté d'y aller. Je me suis dépêchée d'enfiler ma tenue de sport et je suis partie à la recherche de Tom. J'ai eu un petit moment de panique en ne le trouvant pas tout de suite dans le groupe des garçons, puis je l'ai vu finalement franchir la porte, le sourire aux lèvres. Il m'a fait signe de le rejoindre et je n'ai pas hésité une seconde, je savais qu'il était pile ce qu'il me fallait, mon remède contre moi-même, mon refuge contre l'agitation.

Toute la journée, il a tenu son rôle à la perfection sans que j'aie besoin de le lui demander, jusqu'à ce qu'il ne soit plus possible de repousser l'échéance. En sortant du dernier cours, il m'a simplement dit :

— Je passe te chercher ce soir vers vingt heures. Alex habite à dix minutes à pied de chez toi.

Je ne pouvais plus me défiler.

J'ai attendu le dernier moment pour me préparer. Un quart d'heure avant l'horaire prévu, je me suis levée du canapé avec la sensation de devoir me rendre à une visite médicale. Plus l'instant se rapprochait, moins j'avais envie d'y aller. Maman a lourdement insisté pour m'aider.

— Juste cette fois ! Allez, on a si peu l'occasion de faire ce genre de chose ensemble !

J'ai fini par céder. Peut-être aussi que je culpabilisais un peu. À deux ou trois reprises, les jours précédant la soirée, j'avais bien failli faire marche arrière, lui dire la vérité au sujet du rendez-vous et jouer cartes sur table. Je m'étais décidée, puis dégonflée dans la foulée. Je voulais des réponses, mais je n'osais pas poser les questions.

Elle est allée chercher le sac en plastique dans la chambre en me répétant de lui faire confiance. Elle le répétait au point que j'ai fini par me dire que c'était mauvais signe. J'osais à peine regarder ce qu'elle faisait. Je l'ai observée s'agiter, jusqu'à ce qu'elle me tende enfin la robe. En passant la tête dans l'encolure, je cherchais déjà une solution pour m'en débarrasser sans trop lui faire de peine. Je n'avais jamais envisagé de porter autre chose que mon uniforme habituel. Aller à une soirée, c'était déjà une entorse à ma routine, je n'allais pas en plus me déguiser en quelqu'un d'autre. À ce rythme-là, j'allais finir par me perdre de vue.

J'ai laissé le tissu retomber le long de mon corps. La sensation n'était pas aussi désagréable que ce à quoi je m'attendais. La matière était douce et fluide sur ma peau, à chaque mouvement elle me frôlait comme une caresse. L'ourlet tombait plus bas que je ne l'avais redouté, couvrant à peu près les brindilles qui me servent de jambes. Maman m'a prise par la main et m'a fait tourner plusieurs fois sur moi-même pour admirer le résultat. J'ai vu, à son regard, que ça lui plaisait.

— Je vais juste te faire un point dans le dos pour que tu ne sois pas gênée par le décolleté.

J'ai rigolé :

— Quel décolleté ?

Il fallait être réaliste, j'allais bientôt avoir quinze ans mais ma poitrine avait tendance à faire dans le minimaliste.

— Regarde.

J'ai baissé les yeux. Le tissu ne dévoilait pas grand-chose, mais la robe réussissait le tour de force de me donner des allures de femme. Je n'ai pas pu m'empêcher de souffler :

— On dirait que j'ai des seins.

— C'est la taille Empire qui fait ça. Elle te va vraiment bien.

Elle est partie chercher sa boîte à couture et a procédé à des retouches directement sur moi. Ça ne lui a pris qu'une minute. Lorsqu'elle en a terminé, elle s'est reculée pour juger de l'effet, puis elle m'a demandé :

— Tu m'autorises à te maquiller un peu ?

J'ai un rapport assez distant avec le maquillage. Mis à part le fait que je vois ça comme une perte de temps, je n'en comprends pas très bien l'intérêt. Soit il ne change rien et dans ce cas il est inutile de se tartiner le visage, soit il change tout et dans ce cas on se rapproche dangereusement de l'escroquerie. Si le but est de séduire, pourquoi ne pas se montrer telle qu'on est ?

Maman connaissait mes réticences, elle a précisé :

— Tu peux me faire confiance, ce sera très léger.

J'ai abdiqué, ça avait l'air de lui faire tellement plaisir.

Elle a tenu parole. La séance de torture n'a pas duré. Elle a rangé ses pinceaux, puis est allée chercher le grand miroir sur pied qui prenait la poussière dans le bureau.

— Attends pour regarder ! m'a-t-elle intimé en l'installant en plein milieu de la pièce.

Elle m'a tourné autour d'un air concentré, rajustant une bretelle, arrangeant mes cheveux. J'ai marmonné :

— Tu joues à la poupée ?

— Un petit peu… Allez, vas-y.

En apercevant mon reflet, j'ai été prise d'un rire nerveux. C'était moi, là, dans la glace, et en même temps pas tout à fait la même non plus. Ça tenait à pas grand-chose, quelques détails, mes cheveux noués sur le côté, le rose pâle sur mes lèvres et cette robe toute simple.

— Alors, qu'est-ce que tu en penses ? a fini par demander maman, qui semblait s'inquiéter de mon mutisme prolongé.

— C'est… pas mal.

— Moi, je te trouve sublime !

— Maman, tu me trouves sublime même le matin au réveil, quand je porte mon vieux pyjama à carreaux.

— Disons que, là, tu es un peu plus sublime encore.

— Je vais avoir un problème de chaussures, non ?

Je ne possédais que trois paires de baskets, même avec beaucoup de bonne volonté on ne pouvait pas dire que leur style collait à ma nouvelle tenue, mais maman a vite trouvé la parade. Elle est allée chercher dans son placard une paire de ballerines toutes simples. Je les ai enfilées, on aurait dit qu'elles avaient été achetées exprès pour aller avec ma robe.

Je m'observais encore lorsque quelqu'un a frappé à la porte. Maman a réagi la première.

— Ce doit être Tom. Tu n'as qu'à aller lui faire la surprise.

Je suis allée ouvrir. Maman avait vu juste, Tom a été surpris. Il est resté silencieux un instant et, lorsqu'il a enfin retrouvé la parole, tout ce qu'il a trouvé à dire, c'est :

— T'as des nichons, en fait !

J'ai entendu maman s'étrangler à moitié dans mon dos et Tom a paru s'apercevoir que nous n'étions pas seuls. Il a eu la bonne idée d'avoir l'air mal à l'aise.

— Je n'aurais pas dû dire ça. Je suis vraiment désolé, Hélène.

— Ce n'est pas auprès de moi que tu devrais t'excuser, a fait remarquer maman.

Pendant que Tom essayait de rattraper le coup, je me suis à nouveau regardée dans la glace et je me suis dit que, peut-être, maman avait bien fait d'insister.

Chapitre 18

Tom avait tout prévu. Nous devions nous rendre à pied chez Alex, nous amuser comme des fous, puis appeler Éric lorsque nous en aurions assez afin qu'il vienne nous chercher en voiture. Cela ne lui posait aucun problème, il avait carrément proposé de veiller jusqu'au petit matin si nécessaire, il avait de quoi s'occuper, pas mal de travail en retard. Je doutais fort qu'il ait besoin de tenir jusque-là, j'ignorais presque tout du déroulement des soirées entre collégiens, faute de pratique, mais, pour le peu que j'en savais, les nuits blanches n'étaient pas encore au programme.

Nous avons dit au revoir à maman, qui semblait sur le point de verser une petite larme. J'ai fait accélérer Tom, les adieux déchirants, c'est vraiment pas mon truc.

Une fois dehors, Tom s'est arrêté pour rentrer l'adresse d'Alex dans le GPS de son portable. Je ne me suis pas privée de le chambrer :

— Peur de te perdre ? Je croyais que c'était à deux pas d'ici.

Il n'a pas relevé et a vite changé de sujet :

— Tu devrais t'habiller plus souvent comme ça, ça te va vraiment bien.

— Ah, finalement il s'avère que tu es le genre de garçon qui apprécie les grosses poitrines…

— Grosses ? N'exagère pas, tout de même.

L'idée de lui envoyer un coup de pied bien senti dans le tibia m'a effleurée, mais je me suis retenue. Sa mise au point n'était pas totalement injustifiée.

— Tu aurais pu faire un effort toi aussi.

— Je ne savais pas que tu te relookerais, si tu m'avais averti, j'aurais sorti le grand jeu.

— Le grand jeu ?

— J'aurais demandé à maman de repasser mon tee-shirt et mon jean.

Nous marchions sans nous presser, guidés par la voix désincarnée s'échappant à intervalles réguliers du téléphone.

— On est vraiment en train de faire ça, tous les deux ?

— Faire quoi ?

— On va à une soirée. Tu m'expliques ce qu'on va faire là-bas ?

Ses yeux verts se sont illuminés de cet éclat malicieux qui leur allait si bien.

— J'en sais trop rien. On va découvrir le monde merveilleux de la teuf, danser, tester notre résistance à l'alcool et à la drogue… draguer ?

Sa légèreté était contagieuse.

— Draguer ?

— Je me lance si tu te lances.

— Chiche ?

Il a éclaté de rire :

— T'es folle ou quoi ? Je plaisantais !

— Méfie-toi, à force de plaisanter, tu vas finir par laisser passer ta chance.

— Ma seule et unique chance, tu veux dire ?

J'ai rectifié :

— Non. La première d'une longue série.

Il est redevenu sérieux et a murmuré :

— Si seulement j'osais…

La voix du GPS a claironné :

— Dans cent mètres, vous êtes arrivés.

Nous avons entendu la musique au loin. J'ai jeté un coup d'œil aux alentours, une rue résidentielle bordée de grandes maisons dissimulées par des murs de pierre, des grilles en fer forgé. Le quartier avait beau être tout proche du mien, le standing n'était pas tout à fait le même. Je me suis demandé si Alex avait averti les voisins. Tandis que nous avancions, une grosse berline est venue se garer un peu plus loin. Quand la portière s'est ouverte, j'ai aussitôt reconnu Laurie. Elle est sortie de la voiture en riant, elle était magnifique. Je me suis sentie redevenir quelconque en l'espace d'une seconde, la comparaison était sans appel. Une deuxième fille a émergé de la voiture, une autre sardine. Elles discutaient toutes les deux, leur bavardage envahissant l'espace, couvrant même la musique qui nous parvenait de l'intérieur de la maison. J'ai lancé un regard complice à Tom.

— La première d'une longue série ?

— Une seule, ce serait déjà un miracle, m'a-t-il répondu en ayant l'air de le penser vraiment.

Quand Laurie s'est tournée vers nous, j'ai vu l'expression de son visage changer à l'instant exact où son regard s'est posé sur Tom. Elle est passée en mode séductrice, tout dans son attitude proclamait haut et fort « Ce garçon me plaît ». Elle a laissé l'autre fille en rade sur le trottoir et s'est approchée de nous en remettant en place sa longue chevelure qui n'en avait nullement besoin.

— Salut, vous deux !

Après les bises d'usage, on s'est dirigés tous les trois vers l'entrée. Plantée sur ses talons aiguilles, la copine de Laurie nous lançait des regards exaspérés. Elle avait l'air furieuse de s'être retrouvée seule, fâchée de nous voir dans les parages et choquée de constater que Laurie flirtait ouvertement avec Tom. Ça m'a réjouie encore plus, j'étais sur un petit nuage. Il me semblait qu'elle s'appelait Marjolaine ou Marjorie. Je n'étais pas sûre de son prénom, mais en revanche je savais que c'était une pétasse, le genre médaillée olympique, persuadée que son nombril est l'axe sur lequel la Terre tourne. La reine des sardines.

J'ai attendu que Tom me regarde pour articuler discrètement un « Chiche ! » silencieux.

Chapitre 19

Nous avons été accueillis par Quentin, il devait passer devant la porte au moment où nous avons sonné. Il a émis un sifflement admiratif en me voyant.

— Hey, t'es canon, Marion, tu nous avais caché ça !

— C'est un compliment, ça ?

— Ben oui, pourquoi ?

Nous l'avons suivi dans le hall ouvrant directement sur un immense salon. Il y régnait déjà une belle pagaille. Sur la droite, la salle à manger avait été reconvertie en buffet, la table croulait sous la nourriture. Il y avait aussi à boire, et les amateurs se pressaient, un verre à la main, histoire de rentrer rapidement dans l'ambiance. C'était tout à fait ce à quoi je m'attendais, je n'étais ni surprise ni déçue. J'ai aperçu Alex qui sortait de la cuisine, les bras chargés de paquets de biscuits apéritifs. Je suis allée à sa rencontre, Tom ne m'a pas suivie et je ne lui en ai pas voulu.

— Besoin d'aide ?

— Je veux bien, oui !

Il m'a confié la moitié de son fardeau, puis a ajouté avec un grand sourire :

— Dis donc, qu'est-ce que t'es jolie comme ça !

J'ai eu des papillons dans le ventre, le genre de bêtise auquel je suis censée être hermétique.

Je me suis retrouvée à discuter avec Maxime dans la cuisine, un verre de soda à la main. Nous avons été rejoints par Lila, puis par d'autres. C'était loin d'être désagréable. La maison était envahie par des petits groupes qui se formaient et se désagrégeaient comme des entités vivantes. J'ai aperçu Tom, il s'était installé sur la terrasse juste derrière la baie vitrée. Il n'était pas seul, Laurie, assise à côté de lui, semblait boire ses paroles.

Au bout du quatrième verre, j'ai dû abandonner la cuisine pour aller aux toilettes. Elles n'étaient pas difficiles à trouver, il y avait déjà la queue devant. Je me suis mise dans la file, prête à attendre sagement mon tour, quand Alex est passé par là. Il a chuchoté :

— Il y a des toilettes en haut, si tu veux. Normalement, on n'est pas censés s'en servir, mais, si tu ne me dénonces pas, je t'indique le chemin…

J'ai levé la main et j'ai répondu d'un air solennel :

— Même sous la torture, je ne dirai rien.

Il a ri. Les papillons sont revenus danser dans mon ventre. Des gros papillons.

— Tu montes les escaliers, c'est la deuxième porte sur la droite. Tu verras, c'est assez... original. Mes parents n'ont pas encore eu le temps de refaire la déco.

J'ai suivi ses indications et je me suis retrouvée dans une salle de bains gigantesque. Je ne l'ai pas trouvée si moche que ça, elle était juste un peu passée de mode, avec ses carreaux beiges ornés de coquillages scintillants. Je n'ai pas localisé les toilettes tout de suite parce qu'elles étaient dissimulées dans un renfoncement, cachées derrière une curieuse porte à battants, un de ces trucs qui ne vont ni jusqu'au sol ni jusqu'au plafond et qu'on voit plutôt d'habitude dans les saloons des westerns. Je suis entrée et les battants sont venus me taper dans le dos. Des portes qui ne cachent pas grand-chose et qui vous agressent traîtreusement, une vraie réussite. J'ai compris ce qu'Alex avait voulu dire au sujet de la déco en apercevant le papier peint et l'abattant des W-C, un machin en résine dans lequel étaient incrustés plein de petits poissons multicolores. Les murs aussi étaient couverts de bancs de poissons en relief. C'était flippant. Qui pouvait avoir envie de pisser dans un aquarium ? J'étais toujours en train de m'interroger sur la santé mentale de la personne qui avait choisi d'installer cette horreur dans sa maison, quand j'ai entendu la porte de la salle de bains s'ouvrir. J'allais manifester ma présence, mais ce que j'ai entendu m'a arrêtée net dans mon élan.

— Laurie, il y a des limites à ne pas franchir, ma chérie, fais-moi confiance.

— Franchement, Marjorie, je vois pas où est le problème.

— Tu vois pas où est le problème ? J'hallucine !

— D'accord, je sais, il est roux, et alors ?

— Justement. C'est un vrai orang-outang, ce mec, tu peux pas t'afficher avec lui comme ça, c'est la honte !

Il y a eu un ricanement nasillard suivi d'un autre, apparemment le banc de sardines était au complet. Je mourais d'envie de sortir de ma cachette et de crever les yeux de Marjorie avec ses talons aiguilles, mais j'attendais de savoir comment Laurie allait gérer le truc. Elle a tenté une défense timide :

— Tu pourrais montrer un peu plus de respect. Il est vraiment sympa.

— Je n'en doute pas et je le respecte, il n'y a pas dc souci. Cela dit, je respecte aussi les albinos et les nains, simplement je ne sors pas avec.

Sur la fin de la phrase, sa voix était devenue aussi glacée qu'un pot de Häagen-Dazs, parfum « dégoût profond ». Cette fille était une ordure.

— La balle est dans ton camp, Laurie, tu sais ce qu'on en pense.

Le temps que je digère la violence de ces mots, Marjorie a quitté les lieux avec ses suivantes. Quand je suis sortie des W-C, il ne restait plus que Laurie. Elle a sursauté en me voyant, et a hésité un peu avant de me demander d'une petite voix :

— Tu as tout entendu ?

— Je vois mal comment j'aurais pu ne pas entendre. Qu'est-ce que tu comptes faire ?

J'avais bien conscience qu'elle n'était pas la méchante dans l'histoire, mais elle était la seule à me faire face à cet instant et ma colère avait besoin d'un exutoire, alors tant pis pour elle.

— Je ne sais pas…

Je me suis rapprochée, je l'ai bloquée contre l'évier et j'ai plongé mes yeux dans les siens.

— C'est très simple, t'as que deux possibilités. Soit il compte plus pour toi que ta pseudo-réputation et tu assumes de sortir avec lui en envoyant bouler ces pétasses une bonne fois pour toutes…

Elle n'a pas baissé les yeux mais est restée muette. J'ai repris :

— Soit t'as pas le cran et dans ce cas tu ne t'approches plus de lui. Si tu le fais souffrir…

Je n'ai pas terminé ma phrase mais ce n'était pas nécessaire, elle avait déjà compris tout ce qu'il y avait à comprendre. Elle a enfin ouvert la bouche :

— Je ne veux pas le faire souffrir.

J'ai presque eu de la peine pour elle, mais le souvenir des insultes que j'avais entendues à peine quelques minutes auparavant ne m'incitait pas à la douceur. J'ai imité la voix glacée de cette salope de Marjorie :

— La balle est dans ton camp, Laurie, tu sais ce que j'en pense.

Chapitre 20

Quand je suis redescendue, la musique était devenue un peu plus forte. J'étais encore sous le choc, mes mains tremblaient. J'ai croisé cette fouine de Nicolas, il portait une attelle et traînait tout seul, ça m'a mis un peu de baume au cœur. En me voyant, il m'a annoncé d'un air réjoui :

— Tu ferais mieux de surveiller ton copain, on dirait qu'il y a de la concurrence ce soir.

J'ai marmonné entre mes dents un « Connard » discret mais libérateur et je me suis vite éloignée. J'avais eu ma dose de langues de vipère pour un moment. J'ai cherché Tom dans la pièce, mais il n'était pas là. J'ai renoncé à partir à sa recherche parce que je savais qu'il verrait tout de suite que quelque chose n'allait pas. Des gens commençaient à danser sur un bout de parquet dégagé exprès, je me suis calmée peu à peu en observant la scène tout en sirotant encore un verre d'Orangina. Mon troisième de la soirée, je sais, j'aime vivre dangereusement.

J'ignore comment, mais je me suis retrouvée sur la piste avec Quentin. Je n'avais pas choisi le bon cavalier pour une première. Quentin avait une façon très personnelle de danser, assez proche de la crise d'épilepsie. En l'espace de deux minutes, il a failli me faire tomber trois fois et a fini par m'écraser le pied droit en retombant dessus de tout son poids après une vrille non maîtrisée. J'ai senti les larmes monter et j'ai abandonné la partie, je crois qu'il ne s'est même pas aperçu de mon départ. Je suis allée me réfugier sur la première marche de l'escalier et j'ai ôté mes ballerines. Mes orteils étaient d'un magnifique rouge vif, le pouce commençait carrément à gonfler. J'étais en train d'examiner les dégâts lorsque Alex s'est assis sur la marche, juste à côté de moi. Je ne l'avais pas vu venir.

— Tu t'amuses, j'espère ?

— Je crois que oui.

Il a haussé un sourcil, il se demandait sans doute ce que je voulais dire exactement. Je n'avais pas envie de lui expliquer que je manquais juste de références pour en être sûre.

— Tu as dansé ?

— J'ai essayé, mais ce n'était pas concluant, ai-je répondu en lui montrant mon pied abîmé.

— Mince, comment tu t'es fait ça ?

J'ai désigné la piste de danse, où Quentin continuait à se démener, sans partenaire cette fois. La danse, voilà une chose que je pouvais rayer de ma liste.

— Tu veux que j'aille te chercher de la glace ?

J'ai secoué la tête, même si l'idée de me faire tripoter les pieds par Alex me semblait très séduisante, je ne me sentais pas encore prête à une telle intimité.

— Comme tu voudras. Si jamais tu changes d'avis, n'hésite pas… Où est passé Tom ?

J'ai eu un petit moment d'hésitation, je ne l'avais toujours pas aperçu. Laurie non plus n'avait pas réapparu depuis notre petite discussion. Je me suis dit que c'était plutôt bon signe.

— Avec Laurie, sans doute.

— Ah. C'est sur la bonne voie, tu crois ?

— Il semblerait.

Je pensais qu'il se réjouirait, mais sa réaction n'a pas du tout été celle à laquelle je m'attendais. Il a poussé un soupir qui ressemblait vraiment à du dépit. Avant que je n'ose lui demander ce que ça voulait dire, il a précisé :

— Elle me plaît beaucoup, tu sais. Mais je suis super content pour Tom. Vraiment. Seulement, s'il n'avait pas été sur les rangs, j'aurais bien tenté ma chance.

J'ai failli éclater de rire. Pas un rire joyeux, non, plutôt un truc un peu nerveux, limite hystérique. Heureusement pour moi, il y a eu un mouvement vers la cuisine et des éclats de voix. Alex s'est levé.

— Excuse-moi, je dois aller voir ce qui se passe.

Mon petit cœur de pierre a aussitôt repris la direction des opérations, j'ai décidé de voir les choses avec philosophie. La drague n'était plus une option possible, l'objet de mes fantasmes ayant douché tous mes espoirs en une seule petite remarque anodine, il me restait l'alcool et la drogue. Je ne me sentais pas d'humeur assez sociable pour aller m'asseoir avec les deux ou trois fumeurs qu'Alex avait chassés dehors et qui rigolaient comme des baleines dans un coin du jardin en regardant pousser une fleur.

J'ai choisi la facilité, une bouteille à moitié vide qui traînait au milieu de quelques autres. J'avais la flemme de lire l'étiquette, mais rien qu'à l'odeur je me doutais que ce n'était pas le genre de boisson qu'on peut acheter sans sa carte d'identité. Je n'avais pas envisagé une seconde de prendre une vraie cuite, on ne devient pas professionnel du jour au lendemain, et l'alcool ne faisait pas partie de mes délires. Je n'en avais même jamais goûté. Je voulais juste m'offrir une petite dose anesthésiante, de quoi supporter le reste de la soirée sans trop de mal. C'est ce que c'est censé faire, non ?

Je me suis rempli un verre et je l'ai bu d'un trait. Enfin, j'ai voulu, parce qu'en fait j'en ai recraché la moitié, c'était dégueulasse. Même pour ça je n'étais pas douée. Et puis, j'ai relativisé en me disant que dans quelques jours, la scène me ferait rigoler. Après tout je ne m'en sortais pas si mal, Alex m'avait empêchée de me ridiculiser en m'informant que je n'avais aucune chance avant même que je n'envisage de faire un pas.

J'ai échoué sur le canapé du salon, un machin immense, moelleux et profond que j'ai adoré tout de suite. Ce serait sans doute mon meilleur souvenir de cette soirée. Je n'envisageais même plus de me relever un jour. Le pouvoir de ce canapé était tel que, malgré la musique, j'ai fini par m'assoupir sur place.

Je dormais profondément quand j'ai senti quelqu'un me secouer l'épaule.

— On y va, Marion, papa nous attend dehors.

J'ai ouvert péniblement un œil. Tom a attendu que je me redresse enfin, puis il a filé vers la porte sans ajouter un mot. J'ai regardé ma montre, il était plus de trois heures. Il restait encore un peu de monde. J'ai aperçu Alex en train de rire aux éclats au milieu d'un groupe, je me suis dit que ce n'était pas nécessaire d'aller le déranger pour lui dire au revoir. Dehors, le froid était tombé. L'air glacé glissant sur mes bras nus a fini de me réveiller. La vieille Volvo d'Éric était garée un peu plus loin. Avec son look de corbillard vintage, c'était impossible de la rater. Je me suis réfugiée à l'intérieur, Tom s'y trouvait déjà. Dès que j'ai été installée, Éric a tenté d'entamer la conversation :

— Alors, les jeunes, c'était comment ?

— Bien.

— Ça va.

Face à notre manque d'enthousiasme évident, il a vite laissé tomber. Je me suis à nouveau assoupie pendant les quelques minutes que durait le trajet.

Lorsque nous sommes arrivés, Tom a jailli hors de la voiture. J'ai été beaucoup moins réactive. Je me suis traînée jusqu'à sa chambre, il était déjà dans la salle de bains. Je n'ai pas eu le courage de l'attendre pour débriefer, je me suis écroulée sur le lit d'appoint et je crois que je me suis endormie en moins d'une minute.

Quand j'ai émergé le lendemain, il était plus de onze heures. Le lit de Tom était vide. Je suis descendue à la cuisine mais n'y ai trouvé que Julie, le reste de la famille avait déserté les lieux.

— Bonjour, Marion ! Je vais faire un saut chez toi afin de déposer des chaises de jardin pour la fête de ta maman, je te ramène ?

— OK, c'est sympa. Tom n'est pas là ?

— Non, il est parti avec Éric et les filles faire quelques courses.

J'étais un peu déçue de l'avoir raté, j'ai attendu d'être à la maison pour lui envoyer un SMS : « Tu me racontes ? » Quelques minutes plus tard, le signal de ma messagerie m'indiquait qu'il m'avait répondu. Je me suis précipitée. Sur mon écran, il n'y avait qu'un seul mot : « Lundi. »

Chapitre 21

J'ai quand même essayé de le joindre à deux reprises pendant le week-end, mais il n'a pas répondu. Je n'étais pas inquiète, j'ai pensé que c'était une bonne chose, qu'il commençait à avoir des secrets, peut-être même des rendez-vous. J'étais persuadée que Laurie l'avait choisi, tout simplement parce que c'est ce que j'aurais fait à sa place.

Lundi matin, je suis arrivée en avance et je l'attendais devant la grille, histoire d'être sûre de ne pas le louper. Il est arrivé au dernier moment, m'a lancé un bonjour polaire et s'est dirigé vers la salle de cours sans me laisser en placer une. Je lui ai emboîté le pas sans comprendre. Je n'ai pas saisi tout de suite ce qui se passait. J'ai entendu à deux ou trois reprises des élèves qui s'amusaient à émettre sur notre passage le son caractéristique du ballon qui se dégonfle, mais je n'ai pas percuté. J'ai cru qu'il s'agissait d'une nouveauté qui s'imposait dans la cour, un effet de mode, un code secret, un tic d'ado dont j'aurai bien assez vite l'explication. Ils étaient légion, ces tics de langage, ils apparaissaient comme par magie du jour au lendemain, se répandant dans les conversations comme la mauvaise herbe dans le jardin de Mme Giffault. Certains faisaient carrière, d'autres disparaissaient comme ils étaient venus, sans que l'on sache pourquoi ni comment. Moi, tout ce qui me préoccupait, c'était la distance que Tom persistait à maintenir entre nous. Je commençais à lui en vouloir de m'imposer ça. Nous étions les inséparables, toi pour moi et moi pour toi, il n'avait pas le droit d'agir ainsi.

J'avais d'autant plus besoin de lui que l'heure du rendez-vous de maman avec M. Aymet se rapprochait dangereusement. Je voulais qu'il m'accompagne, qu'il me rassure, qu'il me protège, ainsi qu'il l'avait toujours fait.

J'ai dû attendre la récréation du matin pour avoir enfin une explication. En ramassant mes affaires, j'ai averti Tom :

— Je veux te parler.

Il m'a lancé un regard morne :

— Et je dois t'obéir ?

Sans même attendre que je lui réponde, il a fait basculer sa sacoche sur son épaule et s'est dirigé vers la porte. Je suis restée clouée sur place. Une minute, pas plus. Passé la surprise, je lui ai couru après et je l'ai rattrapé dans les escaliers. Il a continué à marcher, tête haute, regard dans le vague, comme s'il était seul.

— Merde, Tom, qu'est-ce que tu me fais, là !

J'avais crié. Devant nous, plusieurs têtes se sont tournées. Des bruits de ballon ont fusé à nouveau. Des rires aussi. Tom m'a enfin regardée et il m'a proposé d'un ton neutre :

— T'as qu'à m'attendre sur notre banc. Je te rejoins.

Et il est parti en direction des toilettes.

Je suis allée m'asseoir, un œil sur la porte déglinguée des chiottes des garçons. De là où je me tenais, je pouvais apercevoir mon graffiti préféré : en lettres capitales, d'un beau noir profond, il proclamait « Ce n'est pas grave ». Chaque été, la porte était grattée, offrant ainsi une nouvelle page aux amateurs de citations et de dessins obscènes, et chaque année, dès les premiers jours qui suivaient la rentrée, cette phrase réapparaissait comme par magie. La légende disait qu'il s'agissait de l'œuvre d'un adulte, un prof ou un membre de l'équipe administrative. Peut-être que c'était la psy inutile qui trompait son ennui en nous donnant une consultation gratuite sur un support que nous lirions tous à un moment ou à un autre. Je l'ai relu comme un mantra.

Tom a fini par ressortir. Je l'ai observé tandis qu'il franchissait les quelques mètres qui nous séparaient. Sa démarche était lente, sa façon de se tenir, rigide et tendue. J'enregistrais tous ces changements, déroutée, ne sachant comment les interpréter.

Il s'est laissé tomber sur le banc, toujours sans m'accorder un regard.

— Tu m'expliques ?

— C'est toi qui voulais me parler, non ?

Je l'ai dévisagé sans comprendre. J'étais dans un mauvais rêve, le Tom qui se tenait devant moi n'avait rien à voir avec mon Tom, celui que je connaissais depuis si longtemps, celui qui me bousculait parfois mais ne me blessait jamais. Ce ton cassant, l'indifférence qu'il m'opposait, c'était juste incompréhensible.

— S'il te plaît, Tom…

Il a laissé passer quelques minutes avant de lâcher d'un ton sourd :

— Tu n'es pas allée sur Facebook ce week-end ?

Je lui ai jeté un regard incrédule. Qu'est-ce que ça venait faire sur la table ? Je comprenais de moins en moins.

La question des réseaux sociaux s'était posée dès notre entrée au collège et j'avais traîné les pieds pour m'y inscrire. Quand Lila avait insisté, j'avais fini par lui répondre :

— Je vois suffisamment vos tronches toute la journée, vous voulez pas que je me les tape aussi quand j'allume mon ordi !

Ça avait fait rire. Je crois qu'à défaut de m'aimer vraiment les gens commençaient à bien m'aimer, je ne leur en demandais pas plus.

Dans « réseau social », je ne savais pas si c'était « réseau » ou « social » qui me parlait le moins. J'avais fini par céder mais je m'étais cantonnée à Facebook, principalement parce que Mme Giffault m'avait demandé de lui créer un profil et avait exigé de m'avoir comme première amie. J'avais tenu bon pour « Snapstagram » et « Instachat » malgré l'insistance de Lila.

— Tu rates plein de choses importantes !

— Comme quoi ?

— Je sais pas… Par exemple, hier, Sophie a posté une photo d'elle quand elle avait six ans. Trop chou.

— C'est qui, Sophie ?

— Et tu aurais dû voir la vidéo que j'ai faite avec le filtre « raton laveur ». Tout le monde a adoré !

— Un filtre ? Et un raton laveur ?

Elle a hésité une seconde puis a fait un geste pour me dire de laisser tomber. Je crois que c'était plutôt sage comme décision.

Aujourd'hui encore, je ne me servais jamais de mon compte, je pouvais passer des semaines sans y jeter le moindre coup d'œil et ça ne me manquait pas le moins du monde. J'ai répondu à Tom :

— Je ne le regarde presque jamais, tu sais bien.

Il a hésité, puis a sorti son portable. Je l'ai observé pianoter sur l'écran. À ses sourcils froncés et sa bouche pincée, je percevais toute la tension qui l'habitait et rejaillissait comme un bouclier autour de lui. Il était juste à côté de moi, mais il ne m'avait jamais paru aussi distant. J'ai senti ma gorge se serrer. Je n'avais aucune idée de ce qui était en train de se passer, mais je mesurais déjà que ça n'allait pas me plaire.

Un groupe de bébés sixièmes est passé à proximité de notre banc. L'un d'entre eux s'est arrêté face à nous et s'est mis à souffler avec sa bouche, les autres ont éclaté de rire. Tom n'a même pas relevé la tête.

J'ai aboyé d'un ton mauvais :

— Tu fais une crise d'asthme ? Tu veux que j'appelle Mme Lepetit pour qu'elle passe te faire ta piqûre ?

Ça a suffi à les calmer. Mme Lepetit, l'infirmière du collège, aurait pu faire carrière dans le catch si elle n'avait pas opté pour le médical, elle en avait le gabarit et la délicatesse. Inutile de dire que ça ne se bousculait pas à l'infirmerie.

Une fois les intrus chassés, je me suis à nouveau tournée vers Tom : il continuait à faire glisser ses doigts sur l'écran, comme si de rien n'était.

— Qu'est-ce que tu cherches, exactement ?

— Ça, a-t-il répondu enfin en me tendant le téléphone.

Un film de mauvaise qualité commençait juste à s'animer sous mes yeux. Il ne m'a guère fallu plus d'une seconde pour reconnaître Tom, sa chevelure rousse si facilement identifiable, debout, les mains dans les poches, en grande conversation avec une fille dont on ne distinguait que le profil mais qui ne pouvait être que Laurie. Ils se tenaient sur la terrasse d'Alex. On entendait la musique, des rires en bruit de fond. Ils parlaient ainsi un moment. Puis, soudain, Tom se penchait, c'était un geste sans équivoque, une ébauche de baiser. La réaction de Laurie était elle aussi sans équivoque. Un mouvement de recul, un rejet net et brutal. Sous mes yeux, Tom venait de se prendre le râteau qu'il craignait tant, celui dont je lui avais assuré qu'il ne verrait pas la trace. Et je n'étais pas la seule à avoir assisté à son humiliation, le film avait déjà été partagé des dizaines de fois. Dessous, un humoriste avait légendé ces deux minutes vingt-trois secondes : « Comment se prendre un vent. » Je venais de comprendre pourquoi tous les déplacements de Tom s'accompagnaient de ces souffles incessants.

Du vent…

Chapitre 22

— Qui a posté ça ?

Il a haussé les épaules et, pour la première fois depuis que nous avions quitté cette maudite fête, j'ai vu sa carapace se fissurer.

J'ai insisté :

— On va trouver ce connard et lui faire bouffer son portable.

J'avais déjà ma petite idée. Le soir de la fête, Nicolas la fouine rôdait dans les parages. Une semaine auparavant, Tom lui avait démonté le poignet et il s'était ridiculisé devant tout le monde en braillant comme un cochon qu'on égorge. Je l'imaginais sans problème profiter de l'occasion pour se venger, c'était tout à fait le genre de combine pas réglo dont il était friand.

Tom s'est enfin tourné vers moi, il m'a accordé ce regard que j'attendais tant mais, ce que j'y ai lu, je crois que j'aurais préféré ne pas le voir.

— Et après ? Ça n'effacera rien, le mal est fait. J'étais déjà le roux de service. Maintenant, en plus, je suis le mec qui se prend des vents. Sacré palmarès. Je suis à peu près sûr de crever puceau.

J'ai tenté de plaisanter :

— T'inquiète, je me dévouerai si ça devient critique.

Ça ne l'a même pas fait sourire.

Alex et Maxime sont sortis d'un couloir. Ils nous ont adressé un petit coucou mais ont préféré passer leur chemin.

— Ah, il semblerait que je sois redevenu infréquentable ! J'ai l'impression d'avoir à nouveau six ans. Ça va être cool.

Ça avait l'air d'une boutade, mais sa voix avait tremblé à la fin.

Je commençais à saisir le problème.

J'en étais là. Consciente de la situation, pas certaine de savoir comment réagir. La petite brûlure de la culpabilité progressait lentement mais sûrement dans mon esprit. Pour la toute première fois, j'étais peut-être à l'origine des problèmes de Tom. C'était moi qui l'avais poussé, je lui avais dit de ne pas avoir peur.

C'est alors qu'il y a eu un bruissement étrange, puis un silence qui ne l'était pas moins. Tout juste si les oiseaux ne se sont pas tus et les nuages n'ont pas arrêté leur course dans le ciel. Un grand blanc. Les têtes se sont toutes tournées dans la même direction, j'ai compris tout de suite : le banc de sardines venait de se pointer dans la cour.

Tom était toujours penché sur son téléphone, il a mis un instant à percevoir le changement d'ambiance, ma tension aussi peut-être.

Contre toute attente, Laurie s'est approchée. Je n'avais qu'une envie, sortir les griffes. Je me sentais comme la louve, seule pour défendre son petit, qui voit la hyène s'approcher. La hyène est un animal fourbe, je trouvais le parallèle avec Laurie très approprié.

— Ça va, Tom ?

— Super.

Elle se tordait les mains comme on essore une éponge. Elle m'a jeté un regard furtif. On sentait bien qu'elle aurait préféré être ailleurs.

— Je… je n'ai rien compris en cours ce matin. Tu es toujours d'accord pour m'aider ?

À quoi elle jouait, là ?

Tom lui a rendu son regard. Calme et droit dans ses bottes, il lui a répondu d'une voix claire :

— Bien sûr.

— D'accord. Merci.

Elle a semblé hésiter un peu puis a ajouté très vite, presque dans un murmure :

— Je ne voulais pas ça.

Tom continuait à la regarder sans rien montrer. Il s'est contenté de lui dire :

— OK.

Ça me bluffait cette capacité à ne pas réagir trop fort, trop vite. L'exact opposé de moi.

Je l'admirais pour ça.

Pour ça et pour tant d'autres choses aussi.

Quand Laurie a tourné les talons, j'ai jeté un regard inquiet à Tom, mais il ne laissait toujours rien paraître.

— Ça va aller ?

Il a rangé son portable dans son sac, puis s'est laissé aller en arrière contre le dossier du banc.

— Tu veux que je te dise le plus drôle dans cette histoire ?

— Vas-y, j'ai besoin de rigoler.

— J'aime bien Laurie. C'est tout.

— Tu veux dire que tu l'aimes bien malgré tout ça ?

— Non. Je veux dire que je l'aime bien, mais je ne l'aime pas. Je ne suis pas amoureux, si tu préfères.

J'ai été surprise par son aveu. Lorsque nous discutions de ces choses-là, je le chambrais toujours sur ses idéaux en matière d'amour. Il me reprochait mon cœur de pierre, je me moquais de son cœur trop tendre. Embrasser une fille qu'il n'aimait même pas, ça allait à l'encontre de tous ses vieux principes un peu rassis.

— Pourquoi tu l'as embrassée, alors ?

Il a rectifié :

— Tu veux dire pourquoi j'ai essayé ?

— À cause de moi ? Parce que j'ai insisté lourdement ?

— Tu ne m'as pas mis un pistolet sur la tempe non plus. Elle est jolie, elle est sympa et j'ai cru que je lui plaisais. C'est débile, mais j'ai vu ça comme une opportunité à ne pas rater, un cadeau qui ne se refuse pas.

Il a ri, un rire froid et lugubre.

— Je me suis bien planté, hein ?

— Tu ne t'es pas planté, tu lui plais vraiment, j'en suis sûre.

Il a eu un regard fatigué.

— Arrête. T'as vu la vidéo, non ?

J'avais vu la vidéo. Mais j'avais d'autres éléments en main, seulement je ne pouvais pas les partager avec lui, je me voyais mal lui répéter les mots cruels de la pétasse en chef.

Il a conclu d'une voix lasse :

— Je sais pas ce qui me fait le plus mal. Le râteau, l'humiliation publique, la réaction de tous ces crétins.

Quand nous sommes retournés en cours, M. Aymet nous attendait de pied ferme avec un grand sourire et un cours passionnant sur les infections microbiennes. J'y ai vu comme un clin d'œil ironique du destin.

Par la suite, tous nos déplacements ont été ponctués par ces bruitages si peu subtils qui ramenaient perpétuellement Tom à son humiliation, mais il tenait bon, encore et toujours. Au déjeuner, après une infime hésitation, Alex a osé venir s'asseoir à côté de nous.

— Je suis désolé, mec.

Tom a haussé les épaules.

— Tu n'as pas à l'être. C'est pas toi qui as mis la vidéo en ligne, non ?

Il faisait comme si ce n'était pas si grave et il donnait assez bien le change, il fallait le connaître comme je le connaissais pour déceler ces petites fêlures, cette retenue inhabituelle, l'absence inquiétante de chaleur dans sa voix.

Alex a posé son plateau à côté de celui de Tom et il s'est assis juste en face de moi. Je lui ai demandé un peu abruptement :

— Ça va, tu n'as pas peur pour ta réputation ?

Il a eu l'air gêné, nous avions tous les trois en tête la façon dont il était passé au large lors de la récréation du matin.

— Ils finiront par oublier. Ils trouveront un autre sujet de conversation, vous savez comment ça se passe, un ragot en chasse un autre.

— Ben, espérons qu'ils trouvent vite quelque chose d'autre à se mettre sous la dent.

J'ai regardé Alex du coin de l'œil. C'était déroutant comme sensation, l'impression d'être en convalescence d'une maladie que je n'aurais pas encore attrapée. Bien sûr, les papillons n'avaient pas disparu comme par magie, mais, lorsqu'ils pointaient le bout de leurs ailes, l'image de Laurie venait s'imposer aussitôt à moi et ils perdaient de leur ardeur. Ils ne déclenchaient déjà plus ni l'émoi ni le trouble, juste une vague nostalgie de ce qui ne serait pas. Mon petit cœur de pierre était au taquet, efficace et sans états d'âme. C'était bon de le savoir à nouveau aux commandes.

Lila et Quentin sont venus à leur tour nous rejoindre. C'était sympa de leur part, mais, en fin de compte, la façon dont ils évitaient systématiquement de parler de la soirée et de la catastrophe qui en avait découlé rendait les choses plus flagrantes encore. Tom a fini par mettre les pieds dans le plat :

— Vous l'avez vue ?

Quentin a piqué un fard et Lila a lancé un regard désolé dans sa direction.

— Oui, comme tout le monde.

J'ai essayé de minimiser :

— Il n'y a pas eu tant de partages que ça.

Lila a enfoncé le clou :

— Pas sur Facebook, mais la vidéo a beaucoup circulé ce week-end sur Instagram. Et j'ai entendu dire qu'elle était sur Snapchat aussi.

— Et on ne peut pas voir qui l'a postée là-dessus ?

— C'est parti d'un certain BEN123.

— Un ami à toi ?

Elle a haussé les épaules en signe d'impuissance.

— Pas vraiment, tu sais bien comment ça fonctionne, la personne s'abonne et tu t'abonnes en retour.

— Non, je ne sais pas. Et j'ai encore moins envie de le savoir maintenant…

Chapitre 23

Ça a été une journée étrange. De bout en bout, de long en large. Je sentais Tom perdu dans un univers parallèle, seul avec son malaise qu'il s'entêtait à cacher à lui-même comme aux autres. Maintenant que j'étais au courant, je ne me sentais plus le droit d'exiger de lui quoi que ce soit. Je m'étais décidée à affronter toute seule le bouquet final qui s'annonçait en fin de journée. J'ai regardé défiler les minutes, je les ai quasiment vues toutes passer, et puis d'un coup tout s'est accéléré, l'heure est arrivée. J'ai dit au revoir à Tom et je l'ai regardé partir, le cœur serré. Sur le chemin du retour, il m'a envoyé des SMS, c'était sa façon à lui de ne pas me laisser seule. Malgré tout ce qu'il affrontait, il trouvait encore le moyen de veiller sur moi.

Je me suis installée dans la cour, mon casque sur les oreilles, les Pink Floyd à fond qui braillaient *Another Brick in the Wall*. Je sais, j'ai des goûts de vieille, la faute à mon oncle Sam, qui m'a servi de baby-sitter les premières années de ma vie et qui ne supportait ni *La Petite Josette* ni Henri Dès.

Dès que maman tournait le dos, il échangeait les disques de comptines contre ses CD à lui. Ça a laissé des traces.

J'ai tenté de faire le vide, un bon gros néant, sans vagues et sans remous, mais ça n'a pas vraiment marché. La tempête se profilait, prévisible, à l'horizon. L'attente n'a pas été trop longue, maman est finalement arrivée avec dix minutes d'avance et peur d'être en retard. Mon malaise a franchi un palier lorsque je l'ai embrassée. Elle était là, confiante et souriante, et je m'apprêtais à chambouler sa vie. Le fait d'ignorer si je la menais au paradis ou à l'échafaud rendait les choses plus bizarres encore. Je l'ai précédée le long des couloirs déjà déserts, puis je me suis arrêtée devant les toilettes.

— C'est la salle tout au bout sur la droite, la L 101, tu peux pas la louper, je vous rejoins dans deux minutes, j'attendrai devant la porte si jamais le prof veut me voir moi aussi.

Je me suis éclipsée avant de lui laisser le temps de réagir. À cet instant précis, j'étais dans la peau du gamin qui a dégoupillé une grenade et qui souhaite juste se trouver le plus loin possible du lieu de l'explosion. Curieux comme ce qui vous semble une idée brillante à un moment peut vous paraître profondément stupide à un autre. J'ai pris tout mon temps avant de rejoindre la scène du crime. En m'approchant, je guettais les éclats de voix ou de rire. Je n'ai eu droit qu'aux échos d'une conversation calme. Je n'entendais pas ce qu'ils se disaient, mais ce qui se passait à l'intérieur de cette salle n'avait rien d'un film d'action. J'ai fait comme j'avais dit, je me suis assise à même le sol, j'ai croisé les jambes et serré les dents et j'ai attendu le dénouement.

J'ai entendu la porte s'ouvrir et je me suis relevée d'un bond. Maman est sortie comme une fleur, un sourire aux lèvres, suivie aussitôt par M. Aymet, qui nous a souhaité une bonne soirée puis est parti en direction de la salle des profs.

Il ne s'est rien passé d'autre.

Nothing, nada, niente. C'était calme plat et morne plaine.

J'ai regardé maman sans comprendre. Elle a dû prendre mon air ahuri pour du stress.

— Rien de grave, ma puce, ton prof était tout à fait rassurant. Il a vu ton dossier scolaire et il est persuadé qu'il ne s'agit que d'un petit incident. D'ailleurs, je ne comprends pas bien pourquoi il souhaitait me voir.

J'étais tellement déroutée que je n'ai rien trouvé à répondre. J'avais mis tous mes espoirs dans ce rendez-vous et je me retrouvais au point de départ. J'avais même la sensation d'avoir fait marche arrière.

Maman n'avait pas tilté. M. Aymet non plus. Bienvenue au bal des amnésiques, c'était quoi, ce délire ?

Maman s'est dirigée vers la sortie, tandis que je restais plantée là.

— Tu viens ? On doit être à la gare dans un quart d'heure. Sam arrive par le train de seize heures quarante-cinq.

— Sam ?

— Oui, je sais, il m'a avertie en début d'après-midi, au dernier moment comme d'habitude, il ne changera jamais ! Il a envie de passer un peu de temps avec nous, il va rester toute la semaine. C'est chouette, non ?

Bien sûr que c'était chouette, mais à cet instant précis je me sentais incapable de profiter de la bonne nouvelle. J'étais comme anesthésiée, victime d'un bug neurologique qui m'empêchait d'aligner deux pensées cohérentes. Je me suis installée dans la voiture et je me suis laissé porter par le bavardage de maman, j'écoutais sans rien enregistrer. Elle aurait pu m'annoncer la fin du monde, ça m'aurait fait le même effet.

On est arrivées pile à l'heure, mais maman a galéré pour trouver une place. Elle a fini par me demander :

— Je me gare là en double file et tu vas le chercher ?

Juste avant que je claque la portière, elle a crié :

— On s'était donné rendez-vous en haut de l'escalator des arrivées !

J'ai pénétré dans le grand hall. Je n'avais pas vraiment l'habitude de venir là, et je me suis sentie perdue dans tout cet espace. Me sentir perdue, ça devenait un peu un leitmotiv dans ma vie ces derniers temps. Heureusement, je n'ai pas eu à chercher, c'est Sam qui m'a trouvée. Il est arrivé en courant avec son vieux sac à dos pourri, une drôle de boîte dans une main et son sourire XXL, il a hurlé :

— Salut, Coquillette !

J'ai senti monter un rire. Fragile, le rire, mais c'était déjà un progrès.

Sam m'appelait Coquillette. Il était le seul à le faire et le seul à avoir le droit de le faire. Je ne me souvenais même plus d'où ça venait. Il a posé son chargement et m'a serrée contre lui.

— Qu'est-ce que t'as changé, dis donc !

— Pas toi. C'est quoi, dans cette boîte ?

— Un chien.

Je me suis accroupie pour distinguer la bête à l'intérieur et j'ai approché une main.

— Touche pas ! C'est une vraie teigne.

Effectivement, au moment même où je m'étais approchée, la boîte s'était mise à bouger et à émettre un grondement bien flippant.

— Sympa !

J'ai regardé à travers la grille, l'animal ressemblait à un croisement entre un troll et un rat, j'avais vu des créatures dans des films d'horreur nettement moins effrayantes que ça.

Sam a haussé les épaules d'un air désolé :

— C'était le chien de ma dernière copine. Elle est partie avec la voiture, mais elle m'a laissé son clebs. Où est ma sœur ?

— Dehors, garée en double file.

Il a repris son paquetage, la caisse s'est mise à aboyer frénétiquement lorsqu'il l'a soulevée et, là, j'ai vraiment ri.

Chapitre 24

Maman a moins rigolé que moi, la présence imprévue du petit monstre mal léché avait l'air de plutôt l'embêter.

— Tu aurais pu m'avertir, quand même ! Je ne sais pas ce que va dire notre propriétaire.

— Si je t'avais avertie, t'aurais stressé pour rien. De toute façon, personne ne voulait le garder, j'étais bien obligé de l'amener. Allez, t'inquiète pas, j'irai faire du charme à ta proprio. Je l'adore, cette femme.

J'ai souri dans mon coin en imaginant la scène. Sam avec sa dégaine d'adolescent périmé et Mme Giffault et ses quatre-vingt-douze ans assumés, je demandais à voir.

— Pourquoi elle ne l'a pas gardé, son chien ?

— Elle le détestait.

— Je comprends pas bien.

— Elle l'avait adopté dans un refuge parce qu'elle craquait sur un des bénévoles. Je crois que le gars en a profité pour lui refiler leur cas désespéré, tu sais, le genre qui végétait depuis dix ans chez eux et dont personne ne voulait. En même temps, avec sa gueule et son caractère de merde, je ne vois pas qui aurait pu craquer.

— Pauvre bête.

— Attends de le connaître, tu ne vas pas être déçue !

Comme pour confirmer les dires de Sam, le roquet s'est fendu d'une salve d'aboiements frénétiques, j'ai cru qu'il allait nous faire une crise cardiaque tellement il y mettait de l'enthousiasme.

— Comment il s'appelle, le petit toutou ?

— Bidule. Mais entre nous je l'appelle Tagueule.

C'était pas la peine qu'il nous précise pourquoi.

Finalement, on a décidé de laisser Bidule dormir sur la terrasse. Maman balisait à l'idée qu'il aboie toute la nuit, mais Sam l'a rassurée en lui certifiant qu'il n'y avait aucun risque.

— Ce sont les gens qu'il n'aime pas. Je me demande s'il n'a pas été battu avant d'être abandonné. Quand il est tout seul, il ne moufte pas.

J'ai vu que maman commençait à s'attendrir et Bidule a tout gâché en se remettant à grogner comme s'il avait la rage. Il commençait à me plaire, ce chien. Il n'en mettait pas une dans le mille. Ça finissait par devenir touchant, toute cette hargne si généreusement distribuée autour de lui. J'avais toujours eu une certaine tendresse pour les losers et, dans le domaine canin, il n'était pas loin de remporter la palme d'or. J'ai observé Sam se dépêtrer pour nourrir sa bête. Il avait développé une technique complètement ridicule mais plutôt efficace : il commençait par balancer quelques croquettes dans la cage fermée, le plus loin possible au fond, et, lorsque Bidule tournait le dos, occupé à boulotter son apéritif, il ouvrait la grille pour glisser la gamelle pleine le plus vite possible dans la boîte.

Je me suis proposée pour aller tâter le terrain auprès de Mme Giffault, et maman n'a pas insisté pour y aller à ma place. Je les ai laissés préparer le petit bureau pour que Sam puisse y dormir et je suis redescendue.

J'ai toqué à la porte de la véranda, Mme Giffault est sortie presque aussitôt.

— Marion ! Que me vaut ta visite ?

— On a un petit service à vous demander, maman et moi.

— Oui ?

— Mon oncle Sam vient passer la semaine et il a été obligé d'amener son chien.

— J'ai entendu ça. Il n'y a pas de souci, j'aime beaucoup les chiens.

Je me suis sentie obligée de préciser :

— Celui-là est un peu particulier. Il aboie dès que quelqu'un s'approche.

— Un problème comportemental ?

— À ce niveau-là, je dirais que ça relève plus du problème existentiel !

Elle a eu ce sourire espiègle, un sourire de petite fille, que je trouvais si touchant dans son visage pas loin d'être centenaire.

— Je viendrai le voir demain.

— Si vous n'avez pas peur.

Sam a été le dérivatif parfait. Il est arrivé comme une tornade, imprévisible et bousculant tout sur son passage. Pendant qu'il nous racontait ses dernières mésaventures professionnelles et amoureuses, je ne pensais ni aux problèmes de Tom ni au mystère de la photo. J'ai tendu l'oreille lorsque Sam a demandé à maman :

— Et toi, sœurette ? Toujours pas de chevalier servant en vue ?

Maman a hésité, une seconde à peine, mais ça a suffi à Sam pour comprendre.

— Tu as quelqu'un ?

— Non, pas vraiment.

— Non, pas vraiment ? Ça veut dire quoi, exactement ?

Comme maman ne disait toujours rien, Sam s'est tourné vers moi pour essayer de me tirer les vers du nez.

— Tu l'as rencontré, toi ?

J'ai levé les mains pour me défausser.

— Tu te débrouilles avec ta sœur, c'est à elle de t'en parler si elle en a envie.

Maman semblait hésiter. J'ai estimé que c'était le moment de m'éclipser. Si elle avait des choses à dire, elle ne voulait peut-être pas le faire devant moi, pas encore.

Peut-être aussi que je me cherchais une excuse parce que je n'étais pas prête à les entendre, pas encore.

Je venais juste de refermer la porte de ma chambre lorsque mon portable s'est mis à couiner pour m'annoncer l'arrivée d'un nouveau message. Tom venait aux nouvelles : « Tu me donnes le résultat ? » Je l'ai rappelé aussitôt.

— Alors, ce rendez-vous ?

— Il ne s'est rien passé.

— Comment ça ?

— Elle ne l'a pas reconnu, il ne l'a pas reconnue. Soit on a été victimes d'une hallucination collective toi et moi, soit il y en a un des deux qui se fout de ma gueule, voire les deux.

Je sentais Tom aussi dérouté à l'autre bout de fil que je l'avais été quelques heures plus tôt. Au moins, je me sentais un peu moins seule.

Cette nuit-là, j'ai rêvé de mon père. Je n'en suis pas tout à fait certaine, mais il me semble que c'était la première fois que ça m'arrivait. Un rêve bien bizarre, où j'étais redevenue petite fille et où mon père avait le visage de M. Aymet, une moustache en mode Hervé et un chien ridicule qui était la copie conforme de Bidule. Il me poursuivait partout en me répétant « Travaille ton évaluation de SVT, s'il te plaît ».

Au petit matin, j'avais la tête en vrac, l'impression lancinante qu'une cohorte de lutins équipés de petites cuillères s'amusaient à creuser des galeries dans les circonvolutions de mon cerveau. Je suis allée demander une aspirine à maman.

— Ça ne va pas, ma puce ?

— Juste mal à la tête.

Elle s'est approchée aussitôt et a posé une main sur mon front. Son geste m'a toute remuée, ça faisait des années qu'elle ne l'avait pas fait. L'espace d'une seconde, j'ai eu dix ans à nouveau.

— Tu n'as pas de fièvre. Tu veux que je te fasse quand même un mot pour que tu restes te reposer à la maison ? Tu pourras profiter de Sam.

Sa proposition était plus que tentante et j'ai failli dire oui, mais ensuite je me suis souvenue de Tom et de l'armée d'abrutis qu'il devrait encore affronter aujourd'hui. Il n'était pas question que je le laisse seul face à l'ennemi. J'ai rassuré maman, prié pour que l'aspirine fasse rapidement effet, et je suis partie à l'assaut de cette nouvelle journée.

Chapitre 25

En quittant la maison, j'ai remarqué la boîte de Bidule grande ouverte sur la terrasse. Je me suis dit que Sam avait dû l'emmener faire une promenade, ce qui n'était pas plus mal, mon mal de crâne aurait été peu compatible avec cette nuisance sonore sur pattes.

J'avançais sur le trottoir, concentrée au plus haut point, un pas après l'autre. Dans ma tête, les lutins commençaient à se calmer. Je n'ai pas repéré tout de suite Tom qui venait à ma rencontre, jusqu'à ce qu'il m'apostrophe alors qu'il ne se trouvait plus qu'à un mètre de moi.

— Tu me snobes ?

J'étais contente qu'il se soit donné la peine de venir. Enfin, jusqu'à ce qu'il enchaîne aussitôt sur une remarque peu flatteuse :

— Tu as une sale tête, dis donc.

— Merci.

— Tu sais, après ton coup de fil, hier, j'ai réfléchi à ton problème toute la soirée.

— C'est gentil.

— Ça m'évitait de penser au mien, a-t-il ajouté avec un clin d'œil un peu trop appuyé pour être spontané.

J'ai eu un pincement au cœur et je me suis empressée de jouer le jeu :

— Et tu es arrivé à une explication logique ? Parce que là, franchement, moi je suis perdue.

— Pas d'explication logique, non. Tout ça n'a pas vraiment de sens.

— C'est ce que je me disais aussi...

— J'en reviens toujours à la même conclusion : il lui ressemble beaucoup mais ce n'est pas lui.

— Mais, même si ce n'était que ça, maman aurait dû réagir quand même, non ? Elle aurait dû être troublée, au moins. Si moi je l'ai remarqué tout de suite, comment n'a-t-elle pu rien voir ?

— Justement. Peut-être qu'en vrai la ressemblance est moins flagrante. Imagine qu'il ait une voix complètement différente, ou une façon de se tenir, de bouger qui n'ait rien à voir. Ou alors, si ça se trouve, il est beaucoup plus grand, ou bien plus petit, va savoir, sur la photo on ne peut pas juger.

J'ai haussé les épaules, j'étais trop fatiguée, un peu triste aussi, je commençais à en avoir assez de voir les réponses m'échapper les unes après les autres. Je commençais à me dire qu'après tout je pouvais laisser filer. J'ai presque quémandé :

— Dis, tu veux bien venir dormir à la maison ce soir ? Sam est arrivé hier, ça nous changera les idées à tous les deux, je crois qu'on en a bien besoin.

— D'accord. On noiera nos soucis dans le Coca-Cola et on parlera du bon vieux temps avec Sam. Tu te souviens quand il était venu nous garder tous ensemble à la maison et qu'il nous avait fait cette cabane géante dans le salon ?

Bien sûr que je m'en souvenais, on avait rassemblé tous les coussins de la maison et tendu des draps partout dans la pièce, un bordel innommable. Julie et Éric avaient eu du mal à entrer dans leur salon. Avec cette soirée, Sam avait gagné le titre de meilleur baby-sitter de tous les temps.

— Peut-être qu'on pourra lui demander de nous en refaire une ?

— On n'est pas un peu vieux pour ça ?

— On n'est jamais trop vieux pour les cabanes.

On venait juste de rentrer dans la cour lorsque Lila et Quentin sont venus nous rejoindre avec des têtes de conspirateurs. Quentin m'a prise par le bras tandis que Lila s'occupait de Tom, ils nous ont entraînés dans un coin tranquille, à l'écart du flot continu des arrivants.

— On a un scoop à vous raconter.

— On sait d'où ça vient.

— Le film ?

Lila a secoué la tête :

— Non, le film, on n'en sait rien. Par contre on sait que Marjorie entretient le malaise à fond, elle en parle à tout le monde, elle raconte même que Tom court après Laurie depuis des mois et qu'elle l'a déjà repoussé plusieurs fois.

— Mais c'est faux !

J'ai bondi, crié presque, mais Tom n'a rien dit, il semblait juste interloqué.

— On sait que c'est faux, c'est bien pour ça qu'on vient vous le raconter.

J'ai jeté un regard inquiet à Tom.

— Ça va ?

— J'en sais rien. Pourquoi elle fait ça ? Je ne lui ai quasiment jamais parlé, à cette fille…

J'ai été à deux doigts de vider mon sac, de lui raconter la scène dont j'avais été témoin, de lui répéter les mots qui m'avaient écorché les oreilles, mais je me suis retenue juste à temps, parce que je savais bien que cela ne servirait qu'à lui faire un peu plus mal. L'attitude de Marjorie n'avait aucune autre justification que la méchanceté et la bêtise, deux choses qui ne faisaient pas partie de la nature de Tom. J'ai décidé de tourner les choses à son avantage, après tout il le méritait bien.

— Si ça se trouve, elle avait des vues sur toi. Elle a découragé Laurie et elle en profite au passage pour te démolir parce que tu ne lui as jamais accordé le moindre regard.

Lila et Quentin m'ont regardée comme si j'en faisais un peu trop, ils n'avaient sans doute pas tort. Tom n'avait même pas écouté la fin de ma phrase.

J'étais dépitée. J'avais espéré que les choses se calmeraient rapidement mais, si Marjorie continuait à entretenir la rumeur ainsi, ça pouvait durer encore longtemps. Une seconde après, j'ai aperçu Nico la fouine planté de l'autre côté de la cour. Je me suis aussitôt redressée pour le regarder bien droit dans les yeux, histoire de lui montrer que je n'étais pas dupe. Il a réagi exactement comme je m'y attendais et a détourné la tête, l'air à peine gêné, juste assez pour que cela puisse passer pour un aveu mais pas assez pour que cela puisse être considéré comme des excuses.

Chapitre 26

En fin de journée, Tom était reparti chez lui afin de récupérer les affaires dont il aurait besoin pour les cours du lendemain. J'avais hésité à l'accompagner. Les éléments étaient à ce point contre nous ces derniers jours qu'il me semblait que nous séparer, c'était nous exposer encore plus.

J'ai envoyé un SMS à maman pour l'avertir que Tom venait et j'ai fait un léger détour pour aller chercher le dessert du soir. Je savais très bien où aller. Notre boulangerie de quartier était tenue depuis toujours par la légendaire Mme Petipain, de son vrai nom. En plus de faire du pain, elle était toute petite. Vraiment toute petite. Autant dire que son nom lui allait comme un gant, c'en était troublant. Je me demandais parfois si elle n'avait pas choisi son mari à cause de son nom. Un argument commercial comme un autre. Derrière son comptoir, elle avait résolu son problème de gabarit en disposant dans tout le magasin des marchepieds semblables à ceux qu'on vend pour les enfants quand ils ne sont pas encore en âge d'atteindre le lavabo pour se laver les dents. Elle allait d'un poste à l'autre, de la caisse enregistreuse à la vitrine réfrigérée des pâtisseries, du présentoir à baguettes au rayon des bonbons et, comme par magie, elle gagnait quelques centimètres salutaires puis les reperdait à chaque déplacement. Cela devait être passablement déroutant pour les clients pénétrant pour la première fois dans le magasin, cette petite femme vive dont la tête dépassait à peine des vitrines et qui la seconde suivante les regardait droit dans les yeux. Moi j'adorais ça. Et plus encore j'adorais la tarte au citron meringuée de Mme Petipain. Un délice absolu, à chaque bouchée je croyais en Dieu. J'avais converti Tom et c'était devenu notre dessert préféré à tous les deux. Mme Petipain ne prenait même plus la peine de nous demander ce qui nous ferait plaisir, quand elle nous apercevait entrer dans le magasin, elle jetait aussitôt un coup d'œil en direction des pâtisseries pour vérifier si elle pourrait nous servir.

En arrivant dans le jardin, j'ai failli faire demi-tour en courant lorsque j'ai aperçu Bidule qui se précipitait vers moi ventre à terre. J'ai cru qu'il s'était échappé de sa cage et je me demandais comment j'allais pouvoir traverser la pelouse sans me faire déchiqueter les mollets, puis j'ai vu Mme Giffault arriver. J'étais sur le point de crier pour l'avertir du danger, mais, sous mes yeux ébahis, elle s'est penchée pour caresser l'animal le plus naturellement du monde tout en m'interpellant :

— Bonjour, Marion ! Je montais justement chez vous.

Elle est passée devant moi, Bidule trottinant derrière elle d'un air ravi, comme n'importe quel toutou bien élevé. J'ai cru un instant que ce n'était pas le même chien, mais un coup d'œil attentif m'a prouvé que c'était impossible. Il ne pouvait pas exister sur terre deux exemplaires aussi moches que celui-ci. Les oreilles tombantes, les yeux un peu globuleux et les petites canines pointues qui semblaient vouloir s'échapper des babines en ordre dispersé, il s'agissait bien de Bidule, le doute n'était pas permis.

— Qu'est-ce que vous lui avez fait ?

— À Bidule ? Je lui ai appliqué une méthode que j'ai vue il n'y a pas longtemps à la télé, je crois.

Je lui ai emboîté le pas, gardant tout de même une distance de sécurité minimale avec les mâchoires de la petite bête. J'avais toujours en tête ses grognements sournois de la veille.

— Et ça consiste en quoi ?

— Eh bien, c'est assez simple, plus ils aboient fort, plus il faut parler doucement, les ignorer lorsqu'ils montrent les dents et leur donner à manger uniquement lorsqu'ils sont calmes.

— C'est tout ?

Elle a ri comme si elle n'en revenait pas elle-même.

— Oui, c'est tout. Et tu veux que je te dise ? Je pense que ça pourrait marcher très bien aussi avec les hommes.

En fin de compte, Sam avait invité Mme Giffault à dîner avec nous pour la remercier d'avoir réussi à dompter son mini-pitbull en un temps record et maman a rappelé dans la foulée afin de nous informer qu'Hervé se joindrait à nous. La liste des invités au repas du soir ne cessait de s'allonger. Ça m'allait bien, la multitude comme un rempart contre les idées noires.

Lorsque Tom nous a rejoints, nous étions attablés autour du bar, occupés à éplucher des pommes de terre pour que Sam nous concocte une tortilla.

— Vous allez voir, c'est tout simple mais excellent.

Il avait enfilé le tablier de cuisine de maman, un vieux machin fuchsia plein de taches, et pris la direction des opérations.

On a fait un concours pour savoir qui était le plus rapide, Mme Giffault a gagné haut la main avec un temps record de quatorze secondes pour une patate de belle taille, Sam la suivait tout près, à quelques secondes. Tom et moi, on était loin derrière, dans les choux. Je me suis demandé si Sam n'avait pas fait exprès de la laisser remporter l'épreuve, ces deux-là s'entendaient à merveille.

La conversation est redevenue sérieuse l'espace d'un instant, lorsque Sam a voulu savoir ce que je pensais d'Hervé.

— Je ne l'ai vu que deux fois. Il a l'air… gentil.

— Ça doit être quelqu'un de bien, vu la façon dont il aide Hélène pour sa promotion.

J'ai tiqué :

— Sa promotion ?

Sam m'a lancé un regard surpris.

— Elle ne t'en a pas encore parlé ? Oups, on dirait que j'ai encore gaffé…

— Ben maintenant t'en as trop dit pour ne pas en dire plus. C'est quoi, cette histoire ?

Il n'a pas hésité longtemps, il était gaffeur et un peu pipelette aussi.

— Au départ ta mère voulait devenir juriste, avant de devoir arrêter ses études. L'année dernière, elle s'est inscrite à la fac pour passer un diplôme en candidat libre mais elle n'y arrivait pas, le boulot ne lui laissait pas assez de temps pour se préparer correctement. Quand Hervé a appris tout ça, il lui a proposé un allègement de sa charge de travail pour qu'elle puisse effectuer une partie de ses recherches au bureau. Apparemment, il l'aide même à préparer son rapport de stage. Classe, non ?

— Il l'aide à devenir juriste ?

Je n'en revenais pas. J'étais un peu déçue que maman ne m'ait rien dit, puis j'ai repensé à cette soirée où elle était rentrée avec des dossiers sous le bras. Elle avait parlé de quelque chose, je ne me souvenais plus de ses termes exacts, mais elle avait laissé entendre qu'elle était sur un projet. Soudain, je n'ai plus vu Hervé sous le même angle.

Quand il est arrivé avec maman, je n'ai pas eu à me forcer pour lui dire bonjour.

Il s'est tout de suite très bien entendu avec Sam, mais il est vrai que Sam s'entend avec tout le monde. La preuve, il a supporté Bidule avant même que Mme Giffault ne lui applique sa recette miracle et le transforme en chien de salon.

La tortilla de Sam était fameuse, fondante, avec des petits oignons grillés juste comme il faut. Son passage dans la restauration ne lui avait pas laissé que des mauvais souvenirs. Il a promis à Mme Giffault de passer dès le lendemain chez elle pour un cours particulier.

Maman avait l'air heureuse et détendue, Tom semblait ne plus penser à ses problèmes. Cela faisait des années que nous n'avions pas eu autant de monde à notre table. Je me suis dit que ça ressemblait à ça, une vie de famille.

Le repas touchait à sa fin. Je me suis levée pour débarrasser la table et Hervé m'a emboîté le pas. On s'est retrouvés tous les deux devant le lave-vaisselle, un peu à l'écart. Tout en me passant une assiette, il a observé d'un ton calme, comme si nous poursuivions une conversation dont j'aurais oublié les débuts :

— J'espère vraiment que tu finiras par m'apprécier, Marion. Je ne cherche à prendre la place de personne, tu sais.

Je ne m'étais pas attendue à une attaque aussi frontale, pas de sa part. J'ai rétorqué un peu trop brusquement :

— La place est libre, pour autant que je sache.

Il a eu un petit sourire navré et j'ai senti une pointe de remords. Le pauvre, il n'était pas pour grand-chose dans mes déceptions de ces derniers jours, pourtant il en payait le prix, victime collatérale de mon humeur fluctuante. Puisqu'on y allait franchement, en mode « je te dis ce que j'ai sur le cœur », je lui ai lancé :

— Cette moustache… pourquoi ?

Il a levé la main vers ses lèvres, caressé machinalement la broussaille qui surmontait sa bouche, ainsi que le font tous les moustachus du monde, en tout cas tous ceux que j'ai eu l'occasion d'apercevoir dans les vieilles séries policières (c'est statistique, les vieilles séries policières sont des nids à moustaches hypertrophiées).

— Je la porte depuis si longtemps maintenant. Il y a une vilaine cicatrice là-dessous.

— Accident de voiture ?

— Non. De vélo. J'avais huit ans.

— Tu t'es laissé pousser la moustache à huit ans ?

Il a éclaté de rire. Un rire sympa, grave et tranquille, pas trafiqué.

— Si j'avais pu, je l'aurais fait volontiers. Elle m'a un peu pourri la vie, cette cicatrice, tu vois. Elle n'était pas du genre facile à assumer.

— Tu devrais la raser quand même, cette moustache.

Il a marqué une hésitation, comme s'il prenait vraiment en compte ma suggestion, puis il a secoué la tête.

— Tu dis ça parce que tu n'as pas vu l'étendue des dégâts.

J'ai insisté sans trop y croire :

— Une cicatrice, ça peut être sexy, mais une moustache c'est contre-productif, tu peux me croire.

— Comment ça, contre-productif ?

— C'est comme si tu t'imposais volontairement un handicap.

Cette fois je l'ai regardé vraiment, sans m'arrêter seulement à son pare-chocs pileux, sur lequel je focalisais depuis notre première rencontre. Il devait avoir quelques années de plus que maman, mais pas tant que ça. Son visage était plutôt agréable et son regard franc, comme son rire. Je commençais à comprendre ce qui avait plu à maman, ce côté « je ne calcule rien, je ne cache rien ».

CHAPITRE 21

Malgré la conversation animée et les éclats de rire qui fusaient à intervalles réguliers, Mme Giffault a commencé à s'assoupir sur son fauteuil. Maman m'a fait signe de la tête, je lui ai montré que j'avais compris.

— Allez les jeunes, au dodo, vous avez cours demain matin ! a-t-elle déclaré.

Le matelas d'appoint qui nous servait pour les amis en visite étant occupé par Sam, on a décidé de partager mon petit lit une place.

Quand je suis revenue de la salle de bains, Tom était déjà allongé sous la couette et je me suis aperçue que ses pieds dépassaient des draps.

— Il va falloir que tu arrêtes de grandir. Tu mesures combien maintenant ?

— Un mètre quatre-vingt-dix, aux dernières nouvelles. Je vais peut-être atteindre les deux mètres comme papa, d'après notre médecin de famille.

— Alors je vais devoir demander à maman de m'acheter un nouveau lit.

— Un nouveau lit pour moi ?

— Ben oui, pour quand on finira ensemble toi et moi.

Il a rigolé doucement.

— Et Alex, alors ? Je croyais que tu l'avais enfin trouvé, ton prince charmant ?

J'ai profité de l'occasion pour le mettre au courant.

— Il semblerait que ça se confirme, les princes charmants n'existent pas. En clair, tu n'es pas le seul à avoir eu le cœur brisé vendredi.

Il s'est redressé aussitôt.

— Pourquoi tu ne m'as rien dit ?

— Parce que j'ai eu la chance que personne ne s'en aperçoive, même pas lui. En fait, il m'a confié qu'il craquait pour une autre fille et, comme je ne suis pas du genre à m'engager dans une bataille perdue d'avance, cette histoire finira avant même de débuter.

— Mince. C'est qui, cette fille ?

Il avait l'air encore plus désolé que moi.

— Je préfère ne pas en parler, si tu veux bien.

Il a pris ça pour une blessure d'amour-propre et je ne l'ai pas détrompé. Le dossier Laurie était déjà bien assez chargé comme ça, inutile que j'y rajoute un nouvel élément.

— Viens t'asseoir là, a-t-il proposé en tapotant le drap à côté de lui.

Je l'ai rejoint, il me restait un tout petit bout du matelas et je l'ai un peu poussé contre le mur afin de pouvoir m'installer.

— Et si tu demandais à Sam ?

— Demander quoi à Sam ?

Il a désigné la photo qui occupait mon esprit depuis quinze jours, cette maudite photo que j'avais choisi de poser bien en évidence sur ma table de chevet deux jours auparavant, comme une piqûre de rappel, mais qui commençait maintenant à me donner la nausée.

— Il doit savoir des choses, lui. Puisque tu n'arrives pas à en parler à ta mère, ça peut être la solution.

— J'en sais rien. Je crois que j'ai envie de laisser tomber.

Je ne m'étais pas attendue à prononcer ces mots, mais j'ai réalisé en les entendant qu'ils traduisaient pile mon état d'esprit du moment.

Tom m'a regardée d'un air ahuri.

— Toi ? Laisser tomber ?

J'ai enfoui mon visage dans mon coussin Barbapapa, éteint ma lampe de chevet et marmonné :

— Je m'en suis très bien sortie comme ça jusqu'ici, non ?

— Arrête, Marion. Tu te crois capable de mettre tout ça dans un coin de ta tête et ne plus jamais y penser ?

J'avais bien conscience que mon attitude avait tout d'une fuite.

— Capable, je ne sais pas. Mais j'en ai vachement envie.

— Ça ne suffira pas. Et puis ça ne te ressemble pas. Tu dois aller au bout maintenant, qu'est-ce que tu risques ?

— Une nouvelle impasse ? Depuis le début j'espère et, chaque fois que je crois franchir une marche, je dégringole dans l'escalier. Un pas en avant, trois pas en arrière. Marre de me prendre des murs dans la figure.

Il a observé patiemment, comme si j'étais une enfant capricieuse :

— Des murs, on s'en est pris plein et on s'en prendra d'autres. Ça s'appelle la vie. Faut juste apprendre à ne pas taper trop fort dedans et à gérer la douleur.

Je ne sais pas pourquoi sa remarque m'a agacée à ce point et j'ai répondu un peu trop vite :

— Parce que tu en as pris beaucoup, toi, des murs ?

Mes mots avaient à peine franchi mes lèvres que je les regrettais déjà. C'était comme demander à un boxeur s'il avait déjà reçu des coups. Comme question inutile et vexante à la fois, on pouvait difficilement faire mieux. J'ai essayé de me rattraper aussitôt :

— Excuse-moi, Tom. Je suis un peu à cran.

Il n'a pas semblé entendre mes regrets. Il avait posé sa tête contre son avant-bras et son visage se trouvait tout proche du mien. Dans la pénombre de la chambre, je distinguais à peine ses traits, un ovale confus qui se détachait sur l'oreiller.

— Je me souviens bien du premier, en tout cas.

— Le premier quoi ?

— Mon tout premier mur. Je l'ai très mal géré. Ce garçon, en maternelle, il s'appelait Alban.

— C'était un de ceux qui te harcelaient ?

— Le premier à le faire.

Quelque chose dans sa voix m'a intriguée et je lui ai demandé :

— Il était si méchant que ça ?

— J'en suis même pas certain. Au début, il était plutôt gentil avec moi et puis, un jour, il a posé une question au sujet de mes taches de rousseur. Je crois qu'il m'a demandé pourquoi j'étais tacheté ou quelque chose de ce style. Ça a fait rire les autres. Il a recommencé et chaque fois ça marchait, c'était gagnant à tous les coups. Ça a démarré comme ça. J'étais devenu un moyen de se mettre les autres dans la poche. Après, il y a eu tous les effets secondaires. Ils ont juste arrêté de jouer avec moi : quand j'arrivais dans un groupe, ils se taisaient puis s'écartaient. J'ai fini par me retrouver seul tout le temps, aux récrés, à la cantine. Les seuls contacts auxquels j'avais droit, c'étaient ces remarques débiles sur mon passage et ces ricanements systématiques. Tu vois le topo.

J'ai hoché la tête.

— C'est pour ça que tu as changé d'école…

— Non. C'est à cause des coups.

Je n'ai pas compris ce qu'il voulait dire. Les vexations, les moqueries, je connaissais. Je savais qu'il en avait souffert avant qu'on fasse connaissance, et j'avais constaté ensuite par moi-même combien sa différence attirait la méchanceté gratuite, mais jamais il n'avait parlé de violence physique. Je me suis rassise sur le lit et j'ai rallumé la lumière.

— Ils t'ont frappé aussi ?

— Non, c'est moi qui ai cogné.

J'ai bredouillé :

— Tu as cogné qui ?

— Les autres. Ceux qui se moquaient.

Je tombais des nues.

— Mais ce n'est pas toi. Je veux dire, tu n'es pas comme ça.

Imaginer Tom en train de frapper quelqu'un, c'était à peu près aussi concevable pour moi que d'imaginer un escargot franchissant le mur du son.

— En fait, si. En tout cas, je l'étais devenu à cette époque.

J'essayais d'accrocher son regard mais c'était peine perdue, il était très loin. Dans une cour d'école maternelle.

— Pourquoi tu ne me l'as pas dit quand on s'est rencontrés ?

Il a haussé les épaules.

— J'en sais rien. C'était derrière moi, ça n'avait plus vraiment d'importance, j'avais envie d'oublier.

Je n'arrivais toujours pas à y croire.

— Merde, Tom, c'est juste pas possible, je peux même pas t'imaginer en train de frapper quelqu'un !

Il a ricané. Un petit rire glauque aussi gai qu'un cortège funèbre sous une pluie battante.

— Et pourtant… j'étais devenu une vraie teigne. La première fois je pense que c'était juste du désespoir, pour ne pas entendre une nouvelle méchanceté, mais je me suis vite aperçu que ça avait changé la donne. Ils y réfléchissaient à deux fois avant de me balancer une vacherie. Alors c'est devenu comme un réflexe, frapper avant qu'ils n'ouvrent la bouche, ne pas leur laisser le temps de dégainer. La directrice a convoqué mes parents. Ils m'ont emmené voir un psy, qui a fini par leur dire qu'un changement d'école serait préférable, voire indispensable... et c'est comme ça qu'on s'est rencontrés.

Je me sentais toute bizarre.

C'était un peu comme s'apercevoir qu'un film qu'on est persuadé de connaître par cœur contient en fait des scènes que l'on n'a jamais vues.

— Qu'est-ce qui se serait passé si on n'avait pas été dans la même classe ? Si tu avais été confronté au même problème.

— J'aurais continué à frapper, sans doute. Je serais devenu un mec aigri, méchant.

Sa réponse m'a retourné l'estomac, pas tellement à cause de ce qu'il avait dit, mais plutôt à cause de la façon dont il l'avait dit, sans passion, sans colère. C'était juste un fait qu'il énonçait, une certitude à cent pour cent.

J'ai fait semblant de prendre les choses à la légère et j'ai fanfaronné :

— Je suis celle qui a changé ton karma, alors ?

Mais lui ne rigolait pas du tout en répondant :

— J'en suis persuadé.

Chapitre 28

On a super mal dormi. Enfin, surtout moi. Rien d'étonnant à cela, je tenais pile-poil dans mon petit lit de toujours, y rajouter la grande carcasse de Tom en espérant que tout cela allait tenir sans problème, c'était faire preuve d'un optimisme crétin. Vers les deux heures du matin, après m'être retrouvée deux fois par terre et avoir tenté en vain d'éjecter Tom du lit, je m'étais résolue à improviser une couchette avec mes coussins les plus moelleux. C'était mieux que rien, mais ça ne valait pas un vrai matelas. Quand Tom m'a lancé d'une voix encore tout ensommeillée, juste après la sonnerie du réveil, « Qu'est-ce que tu fous par terre ? », j'ai eu des envies de meurtre. Je ne suis déjà pas du matin quand je dors comme un bébé, alors là…

Je lui ai balancé un coussin en pleine poire en croassant :

— C'est ta faute ! T'as pris toute la place.

Même ma voix peinait à se remettre de cette nuit pourrie.

— OK, désolé, fallait me réveiller, je t'aurais laissé le lit, je suis un gentleman, moi, tu sais bien.

J'ai gémi :

— J'ai essayé, si tu savais comme j'ai essayé.

Il a compris qu'il valait mieux me laisser finir de me réveiller toute seule et s'est éclipsé en chuchotant quand même au passage :

— Je t'invite à dormir à la maison ce soir et je te laisse mon lit, si tu veux.

C'était bien joué. Tom savait que j'adorais venir dormir chez lui, pour les mêmes raisons que lui préférait dormir chez moi. À savoir, essentiellement sa famille, un poil envahissante. Dormir chez Tom, ça voulait dire ne pas pouvoir en placer une à table, essuyer des jets de ketchup ou de yaourt pendant l'intégralité du repas, voir débarquer Chloé et Élisa dans la chambre pour leur histoire du soir, toujours la même, parce que « Tu sais, maman, Marion, elle fait trop bien le monstre poilu ». Moi j'aimais bien, ça me changeait de mes soirées calmes entre gens civilisés. Avec Chloé et Élisa, j'étais comme dans un territoire inconnu et dépaysant, ça m'aérait l'esprit. J'allais faire un tour en enfance, mais une enfance enthousiaste et bordélique, assez loin de celle que j'avais connue.

Quand j'ai enfin réussi à dompter la raideur de mes articulations, j'ai émergé de la chambre pour trouver Tom et Sam attablés autour d'un panier de viennoiseries tièdes. Toute la pièce embaumait, comme la boulangerie de Mme Petipain au petit matin. Tom a brandi un pain au chocolat dans ma direction.

— Regarde ce que ton oncle est allé chercher pour nous.

Sam a minimisé son exploit :

— J'étais levé, de toute façon. Bidule est venu réclamer sa promenade du matin. J'en ai profité pour rapporter de quoi se faire du bien.

Je me suis alors aperçue de la présence du fauve, couché juste en bas de son tabouret. Il a redressé la tête en entendant son nom et m'a gratifiée d'un gémissement qui pouvait presque passer pour amical.

— Il a le droit de dormir dans la maison, maintenant ?

— Ta mère est d'accord. Ethel a vraiment fait des miracles, on dirait un autre chien. Tu viens ?

— Je m'assois avec vous, mais je mange rien.

— Toujours allergique au petit déjeuner ?

— Encore plus qu'avant.

Je venais juste de m'installer quand maman est arrivée dans la pièce, le sourire aux lèvres. Elle nous a lancé un regard satisfait, visiblement ravie de nous voir ainsi attablés tous ensemble, puis m'a claqué un gros bisou sur la joue.

— Je suis contente que vous ayez réussi à briser un peu la glace, Hervé et toi. Tu avais été tellement distante la dernière fois, quand nous avons mangé ensemble tous les trois. Le pauvre, il en avait perdu tous ses moyens.

— Il avait perdu ses moyens à cause de moi ?

— Oh que oui ! Tu ne t'en es pas aperçue ? Il a été transparent, le pauvre, pas du tout comme d'habitude.

— Si, je m'en étais un peu aperçue, en fait. Je l'avais trouvé un peu…

J'ai cherché un qualificatif qui traduise au mieux l'ennui qu'il m'avait inspiré lors de ce premier repas sans être trop blessant, je n'ai pas trouvé.

Maman a ajouté :

— Tu peux être intimidante, parfois.

— N'importe quoi !

Tom est intervenu en s'esclaffant :

— Tu dois être la seule à ne pas t'en rendre compte, Marion. J'ai entendu dire que certains sixièmes t'avaient surnommée « le basilic ».

Sam a réprimé un éclat de rire, mais maman n'a pas compris la référence.

— Pourquoi ?

— C'est une créature dans *Harry Potter*, un serpent géant qui a le pouvoir de tuer ses victimes d'un simple regard.

J'ai râlé :

— Charmant !

Mais, dans le fond, j'étais assez flattée.

— Avant que j'oublie, je dors chez Tom ce soir. Enfin si Julie et Éric sont d'accord.

Simple formalité, je n'en doutais pas, ils n'avaient jamais refusé de m'accueillir chez eux. Maman a objecté, un peu déçue :

— Oh, mais on avait prévu d'aller au restaurant ce soir !

Sam a pris mon parti :

— Laisse-la donc vivre sa vie d'ado. On en profitera pour se raconter des histoires de grandes personnes.

Elle l'a taclé direct :

— De grandes personnes ? Avec toi ?

J'ai souri, Sam aussi. J'aimais bien que maman se rebelle de temps à autre, qu'elle montre un peu les dents.

— Désolée, maman, faudra que tu le gères toute seule, cette fois.

Sam a fait mine d'être vexé :

— Sympa, les filles !

Quand maman est sortie de la pièce, Tom s'est levé à son tour, officiellement pour aller se laver les dents. Sur le pas de la porte de la salle de bains, il s'est arrêté pour me faire signe. Au départ je n'ai pas compris, puis il a mimé le geste d'un photographe appuyant sur le déclencheur de son appareil et il a disparu après un dernier clin d'œil. Je n'étais pas encore très bien réveillée et je me suis lancée sans réfléchir. Comme si un court-circuit avait momentanément occulté toutes mes réticences, j'ai attaqué bille en tête :

— Dis-moi, Sam, est-ce que tu te souviens bien de mon père ?

Mes mots ont fait leur petit effet. Même à moitié dans les vapes, j'ai clairement senti le courant d'air glacé chassant l'ambiance détendue qui régnait encore trois secondes plus tôt.

Sam a reposé lentement sa tasse de café sur le comptoir, comme s'il cherchait à gagner du temps, et m'a lancé un regard méfiant.

— Assez bien oui. Pourquoi ?

— J'aurais quelques questions à te poser.

Il n'a pas sauté de joie à l'idée de partager des vieux souvenirs, bien au contraire. Son visage s'est tendu, je l'avais rarement vu aussi sérieux. Peut-être même jamais.

— Je ne crois pas que ce soit une très bonne idée, Coquillette.

— Sans doute pas, mais je n'ai pas vraiment le choix.

— Pourquoi tu ne demandes pas à ta mère ? Tu es plutôt du genre direct, d'habitude.

— Je n'y arrive pas, je n'ose pas. J'ai peur que les réponses ne me plaisent pas.

Il a hésité, mais n'a pas baissé les yeux lorsqu'il m'a répondu d'un ton très doux, comme pour compenser la dureté de ses mots :

— Tu as raison, elles ne te plairont pas. Mais ce n'est pas à moi de te les donner, je suis désolé.

Voilà qui n'était pas de nature à me rassurer. Pendant le trajet jusqu'au collège, les mots de Sam ont tourné dans ma tête tel un essaim d'abeilles bourdonnant au loin, petit bruit désagréable et persistant, presque une menace sur ma ligne d'horizon. Tom parlait peu, je l'écoutais à peine, et puis je me suis souvenue de ce qu'il allait à nouveau devoir affronter lorsque nous franchirions les grilles de la cour et j'ai senti une onde désagréable se propager dans mon estomac. La journée venait à peine de débuter et j'avais déjà la boule au ventre.

Chapitre 29

Je pensais que les choses auraient commencé à se tasser, que les gens finiraient par se lasser de leurs petites allusions sonores, mais non. Le temps de traverser la cour, Tom y avait déjà eu droit à trois reprises. Chaque fois je lui lançais un coup d'œil, mais il ne réagissait pas et prenait sur lui, comme s'il n'avait rien entendu. Je commençais juste à me dire qu'il gérait comme un chef, quand c'est arrivé.

Sans aucun signe avant-coureur, il a explosé. Le gars sur qui c'est tombé ne devait vraiment pas s'y attendre. En fait, je crois que Tom lui-même s'est surpris sur ce coup. C'était un quatrième, plus jeune que nous donc, mais loin d'être un poids plume, le genre court sur pattes et massif. Il a soufflé ostensiblement, comme tous les imbéciles le faisaient dès qu'ils croisaient la route de Tom depuis cette maudite soirée, et un quart de seconde plus tard il s'est retrouvé le dos collé au mur. Tom a approché son visage à cinq centimètres du sien et lui a murmuré d'une voix glacée :

— Si tu recommences une fois, une seule fois, je t'attrape et je te fais une chirurgie esthétique manuelle, sans anesthésie, ce sera plus drôle. Tu peux passer le mot à tes copains.

Il l'a relâché aussitôt et le gars a détalé comme un lapin dans les phares d'une voiture. C'était tellement soudain, tellement inattendu, que j'ai regardé la scène sans réagir. C'est là, à cet instant précis, que j'ai pigé que non, ça n'allait pas. Vraiment pas. Je le pensais indestructible, mais ils avaient réussi à me l'abîmer, à faire revenir à la surface le petit garçon blessé et agressif dont j'avais appris l'existence seulement la veille. Il était touché, mais c'est moi qui perdais pied. Le rempart se fissurait, notre bulle éclatait.

Il y a eu comme une réaction en chaîne, un jeu de dominos qui s'effondrent en cascade, je les regardais tomber les uns après les autres sans pouvoir rien faire, la chute était sans fin.

J'ignore si c'était la peur que j'éprouvais à cet instant, les questions sans réponses qui s'accumulaient, Alex et ses dents blanches qui m'avaient fait tourner la tête pour rien, tout ce merdier qui s'invitait dans ma vie depuis la rentrée, mais j'ai senti comme une vague de froid qui me parcourait des pieds à la tête, un truc impitoyable et imparable qui creusait un gouffre sur son passage. Je me suis mise à respirer en pointillé, mon cœur oubliait un battement sur deux, ma tête a commencé à tourner.

— Tom…

Il s'est tourné vers moi et j'ai vu la surprise germer dans ses iris verts.

— Pleure pas, je t'en prie.

J'ai bafouillé :

— Je pleure pas.

Il s'est penché et a pris mon visage entre ses mains, essuyant de ses doigts la première larme qui dévalait sur ma joue.

Ils me l'avaient abîmé et c'est lui qui me consolait.

Il m'a prise par la main et m'a entraînée vers notre banc. Au lieu de m'asseoir, je me suis allongée de tout mon long sur le bois, les mains jointes sur mon ventre, comme ces statues de gisants qu'on voit dans les églises. J'avais besoin d'air, d'espace, du ciel immense au-dessus de moi. Tom est venu se poser à côté de ma tête, sa cuisse effleurant mes cheveux. Il a laissé le silence s'installer, je n'ai pas eu le courage de le briser. Au bout d'une minute, il a tendu la main et l'a posée sur les miennes. Le vide s'est comblé peu à peu, le froid s'est estompé.

Il s'est penché et ses yeux sont venus chercher les miens.

— Je crois que la dernière fois que je t'ai vue pleurer, c'est quand on a regardé ce documentaire avec le bébé flamant rose qui mourait de faim, tout seul dans son nid, en attendant que ses parents reviennent. Tu te souviens ?

— Pas vraiment, non.

— Il y avait tous ces flamants roses adultes qui passaient près de lui et qui lui donnaient rien à bouffer, et toi tu les insultais. J'ai appris plein de gros mots, ce jour-là. On avait quoi, sept ans ? Huit peut-être ?

Ça a fait tilt dans mon cerveau, les images sont remontées brutalement à la surface. Le petit oisillon tout moche, presque sans plumes, avec ses yeux globuleux. Une horreur.

— Et il mourait à la fin…

Je revoyais le petit corps tout mou, abandonné comme une peluche grotesque, et le troupeau d'oiseaux stupides tout autour qui s'en foutait royalement.

Je me suis redressée d'un coup.

— C'était vraiment triste.

— Oui, ça, c'était triste.

Il me regardait avec sérieux. Sa voix était posée, calme et assurée, je retrouvais mon Tom, celui que je ne voulais plus jamais voir disparaître, même pas l'espace d'une seconde. Il a repris :

— Et là, pourquoi tu pleures ?

Je me suis rebiffée et j'ai protesté pour la deuxième fois :

— Je pleure pas.

Techniquement c'était vrai, mes larmes ne coulaient déjà plus, mais il ne s'est pas laissé avoir.

— D'accord. Pourquoi tu as pleuré tout à l'heure ?

— J'en sais rien.

Il m'a dévisagée, je voyais bien qu'il ne me croyait pas. Pourtant c'était vrai. J'avais plein d'idées qui pouvaient justifier ce débordement lacrymal aussi furtif qu'inhabituel chez moi, mais aucune ne l'expliquait tout à fait, aucune ne le justifiait à elle seule. J'étais incapable de lui répondre parce que c'était le brouillard dans ma tête. J'avais disjoncté, juste un instant.

Il n'a pas insisté, il a levé un bras et je suis venue me réfugier contre lui.

— Tu disais quoi déjà, hier ?

— J'ai dit plein de bêtises hier…

— Au sujet des murs qu'on se prend dans la vie, apprendre à les gérer sans se faire trop de mal ?

Il a souri.

— Ah oui, c'est vrai.

Il m'a lancé un regard désolé, puis a détourné la tête tout en resserrant son étreinte autour de mon épaule.

— J'y travaille, mais ce n'est pas encore parfait.

Je me suis laissée aller contre lui et j'ai murmuré comme une prière :

— On s'en remettra ?

Il a acquiescé dans un sourire :

— Bien sûr qu'on s'en remettra.

Chapitre 30

À la pause de midi, Alex a proposé d'aller chercher des nems chez le traiteur chinois de la rue à côté et de déjeuner sur un banc du parc tout proche. C'était une excellente idée, allez savoir pourquoi, je n'avais aucune envie de traîner au self. Le temps était gris, exit l'été. L'avantage évident était que la foule ne se pressait pas dans le parc, nous avons eu le choix pour le banc. Maxime s'est joint à nous au dernier moment. On a parlé de tout et de rien. Surtout de rien. Tom en a profité pour appeler ses parents et vérifier si je pouvais taper l'incruste pour la soirée. Comme d'habitude, ils ont accepté. Le temps était pourri, la bouffe pas très bonne, mais au moins nous étions à l'abri, loin du cœur battant de la rumeur et de sa cohorte de petits soldats à l'humour médiocre et méchant. Le prix à payer n'était pas si élevé pour un moment de répit.

Pourtant, il a fallu y retourner. Marcher sur des charbons ardents, je comprenais enfin ce que signifiait l'expression. En franchissant les grilles, j'ai jeté un regard inquiet à Tom. Si j'avais pu le mettre sous cloche, je l'aurais fait. Nous avons fini par rejoindre notre salle de cours sans encombre. En m'asseyant sur ma chaise, j'ai senti toute la tension qui m'avait accompagnée retomber d'un coup. C'était une sensation presque physique, un poids qui quittait mes épaules, mes poumons qui tournaient à nouveau à plein régime.

Le début d'après-midi s'est déroulé sans fracas. C'était l'heure du coup de mou, celle où nous étions présents sans être là. J'avais du mal à me concentrer sur les consignes que nous donnait la prof de français et j'étais loin d'être la seule. Notre classe ressemblait plus à une salle de réveil post-opératoire qu'à une assemblée d'adolescents en pleine possession de leurs moyens. Curieusement, quand l'heure de la récréation a sonné, nous avons retrouvé subitement un semblant d'énergie. En temps normal, j'étais comme tout le monde, j'aimais ces vingt minutes de relâche calées dans notre emploi du temps, pourtant, en dévalant l'escalier ce jour-là, j'ai réalisé que l'envie n'y était pas vraiment. On a filé vers notre banc. Je faisais semblant de ne pas guetter les attaques, mais en réalité mes sens étaient aux aguets au point que ça en devenait douloureux. Je me suis imaginée quelques secondes en cornet acoustique géant, passant à mon radar le moindre bruissement sur notre passage. J'étais obnubilée par la possibilité d'une nouvelle scène. Tom semblait beaucoup plus calme que moi. Nous avons traversé la cour sans que rien se passe, je commençais juste à me détendre et j'ai fini par lancer avec un entrain pas tout à fait sincère :

— On dirait que ça a fini par se calmer !

Je venais à peine de terminer ma phrase, quand un troupeau d'adolescents puant la testostérone à plein nez est passé derrière nous en imitant le souffle du cachalot qui remonte d'une plongée au fin fond des abysses. C'était long et pénible. Soit ils n'avaient pas encore entendu parler du coup d'éclat de Tom, soit ils comptaient sur leur nombre pour le dissuader de toute réaction. Je me suis dépêchée de prendre la parole, vite occuper l'espace, même si ce n'était qu'avec des mots, afin de ne laisser aucune place à la violence et à la colère, combler les interstices, colmater les brèches.

— C'est vrai ce que disait Alex, il va falloir qu'ils se trouvent un autre sujet de conversation.

Tom avait baissé la tête, il fouillait dans son sac, je ne voyais pas son regard et je n'arrivais pas à déceler s'il était touché ou pas. J'ai insisté :

— Alors, on pourrait peut-être leur en fournir un ?

Il a fini par répondre, sa voix ne tremblait pas :

— Leur fournir un quoi ?

— Un autre sujet de conversation.

Il a enfin levé la tête, j'ai scruté son regard pour essayer de savoir où nous en étions mais je n'ai pas réussi. Il ne semblait pas en colère, ni même blessé, juste très fatigué.

— Du genre ?

— On planque toute la journée avec nos téléphones portables, jusqu'à trouver un dossier bien dégueulasse à balancer sur quelqu'un…

Il a tiqué.

— Tu es sérieuse, là ?

— Non, bien sûr. À moins que ce ne soit un dossier sur Nico la fouine.

Il a secoué la tête.

— On n'est même pas certains que ce soit lui.

— Allez, Tom, arrête de te voiler la face. Ça lui ressemble tellement !

Il n'a pas répondu. Je sentais bien que le sujet l'intéressait à peine et j'étais partagée entre l'agacement et l'admiration. Lila est passée près de notre banc, elle a levé un pouce en signe d'encouragement. Tom lui a répondu en esquissant un geste de la main puis il s'est à nouveau tourné vers moi et, avec une pointe de dépit, il a lâché :

— Tu vois, je pensais jamais dire ça un jour, mais, en fin de compte, je préférais quand les ragots me concernant portaient juste sur notre pseudo-histoire d'amour à tous les deux.

La remarque de Tom, le geste de Lila, il n'a pas suffi d'autre chose pour faire surgir une image dans ma tête. Ma première réaction a été de chasser cette vision bizarre, mais elle est revenue à la charge, une fois, puis deux, et à la troisième elle ne m'a plus paru aussi incongrue. Alors je me suis lancée :

— J'ai trouvé !

Il m'a dévisagée, perplexe.

— T'as trouvé quoi ?

— Laisse-moi faire.

J'ai regardé autour de nous afin de m'assurer que ceux qui assistaient à mon spectacle improvisé seraient assez nombreux pour répandre la nouvelle aux quatre coins du collège. Il y avait du monde et, cerise sur le gâteau, à quelques pas de nous, le banc de sardines faisait le pied de grue devant la fontaine à eau. J'ai attendu que Marjorie regarde dans notre direction et je me suis retournée vers Tom. J'ai répété :

— Tu me laisses faire.

J'avais l'air très sûre de moi en apparence, mais dans le fond je n'en menais pas large. Je me suis dépêchée d'agir, histoire de ne pas me laisser la seconde de trop, celle où la débilité profonde de ma démarche impulsive me sauterait aux yeux. Je suis venue m'installer sur les genoux de Tom, assise à califourchon face à lui, dans une posture un brin provocatrice qui ne pouvait laisser guère de doutes quant à la nature de mes intentions. Heureusement pour moi, Tom, bien trop étonné par ce que j'étais en train de faire, n'a pas esquissé le moindre geste. Il n'a rien dit non plus, mais son regard en disait long dans le style « mais-que-quoi-qu'est-ce-que-tu-fous ?! »

J'ai fermé les yeux et j'ai fait comme dans les films, comme dans toutes ces comédies à l'eau de rose qu'il m'avait traînée voir. Elles allaient enfin avoir une utilité. Les rôles étaient un peu inversés, mais ce n'était pas si grave. Techniquement, j'avais à peu près assimilé la manœuvre, ça n'avait pas l'air bien sorcier. Il me suffisait de pencher la tête sur le côté, de poser ma bouche sur la sienne et de remuer un peu, en ayant l'air d'aimer ça.

Je m'étais attendue à passer un moment assez bizarre, voire plutôt désagréable, mais ça ne s'est pas du tout passé comme ça. En fait, j'ai été surprise par la douceur de sa bouche, l'extrême finesse de la peau à cet endroit. Le contact de nos lèvres ne ressemblait à aucune sensation que je connaissais. C'était comme si mon cœur s'était mis à battre à cet endroit précis, dans ce point de contact qui nous unissait. J'ai entrouvert les yeux et je me suis retrouvée plongée dans les siens, qu'il avait gardés grands ouverts. Le vert de ses pupilles était encore plus sombre vu d'aussi près.

Je suis restée ainsi un peu plus longtemps que je ne l'avais prévu. Il y avait eu comme une perte de contrôle à un moment. J'avais oublié le public, le but de la manœuvre, le pourquoi du comment. Je ne me suis pas redressée tout de suite, je n'avais pas envie d'affronter à cet instant les réactions que j'avais pourtant tant cherché à susciter. Je me suis laissée aller en avant et je suis venue poser mon front sur l'épaule de Tom, mon nez dans les plis de sa veste en jean, les yeux clos. Le bruit de sa respiration contre mon oreille me parvenait avec une acuité troublante.

Finalement, la sonnerie a retenti et je n'ai plus vraiment eu le choix. Il m'a fallu m'arracher à cet état second, je me suis relevée en faisant comme si rien ne s'était passé. Tom n'a rien dit et je suis restée muette. Plus les secondes passaient et plus je commençais à me dire que j'avais eu une bien mauvaise idée, que l'embrouille était au bout du chemin et que mon élan irréfléchi allait accoucher d'un truc monstrueux : un malaise irréparable entre lui et moi. Et puis Tom a pris ma main dans la sienne et s'est penché pour chuchoter à mon oreille :

— Il va falloir faire un petit effort pour être crédibles, non ?

J'ai senti un sourire prendre possession de mes lèvres. Et mon cœur qui revenait battre à l'endroit de notre baiser.

Chapitre 31

J'étais officiellement en couple pour la toute première fois de ma vie. C'était pas clair dans ma tête mais ça l'était dans celle des autres, les petits regards entendus, les chuchotements tout sauf discrets sur notre passage. J'avais voulu détourner l'attention et j'avais réussi de façon magistrale. Cela confirmait la théorie d'Alex : pour tuer la rumeur, ça ne sert à rien de démentir, il suffit juste d'allumer un contre-feu, plus gros, plus vorace, et mon contre-feu marchait du tonnerre. J'ai essayé de ne pas trop réfléchir à la suite, parce que, honnêtement, ma démarche avait tout du saut en parachute. Je m'étais jetée de l'avion, mais je n'avais aucune idée de l'endroit où j'allais atterrir. L'attitude de Tom m'avait rassurée, il avait pris les choses à la légère, à sa façon, tendre et calme, n'empêche, tout n'était pas si simple, c'était ma réaction qui m'inquiétait. Je n'avais pas anticipé une seconde l'état dans lequel je m'étais retrouvée. C'était un peu comme partir pour une séance de piscine et se retrouver face à l'océan, immense et intimidant.

Est-ce que j'y serais allée si j'avais su ?

Pendant les deux heures qui ont suivi, je me suis concentrée sur les cours, tout plutôt que de tomber dans l'introspection. Voyons le bon côté des choses, il s'agissait là d'un effet collatéral bénéfique pour mon travail personnel, j'avais rarement été aussi attentive en arts plastiques. Puis la dernière sonnerie de la journée a retenti. Je me suis relevée sans me presser, ignorant encore si j'allais réussir à me comporter de façon adaptée, d'autant plus que je ne savais plus vraiment ce qui était adapté ou pas. Je mettais un peu plus de temps que d'habitude à ranger mes affaires. Alors que je remontais la fermeture de mon sac, j'ai entendu la voix de Lila. Elle était encore à deux mètres de nous lorsqu'elle s'est exclamée avec un enthousiasme sonore :

— C'est vrai ce qu'on raconte ?

Tom s'est chargé de lui répondre :

— Ça dépend. Qu'est-ce qu'on raconte ?

— Que vous avez tourné un film pour adultes dans la cour tout à l'heure.

J'ai senti la chaleur me monter aux joues, j'avais envie de plonger sous le bureau, mais ça n'aurait sans doute rien arrangé. Lila s'est aussitôt mise à faire des petits bonds joyeux autour de nous, on aurait dit un labrador qui retrouve ses maîtres après avoir passé trois semaines dans un chenil.

— Je le savais, je le savais, je le savais !

Tom rigolait, pas gêné du tout, au contraire. Il a pris ma main et a juste observé :

— Désolé de gâcher la fête, mais il faut y aller, Marion dort à la maison ce soir, elle doit passer chez elle récupérer ses affaires.

Il m'a entraînée derrière lui et Lila nous a suivis en continuant de jubiler.

J'ai dit à Tom qu'il n'avait pas besoin de m'accompagner, parce que c'était vrai et parce que j'avais envie de me retrouver un peu seule aussi. Pendant les quelques minutes de trajet jusqu'à la maison, j'ai essayé d'analyser ce qui s'était passé. Peut-être qu'il s'agissait d'une simple réaction physiologique. Comme en cours de chimie, quand on avait mélangé deux solutions limpides et que ça avait donné une espèce de tourbillon improbable et solide. Le prof avait appelé ça un précipité. Une seconde, l'idée m'a effleurée que c'était peut-être autre chose, une chose dont je n'osais même pas prononcer le nom, une chose dont je ne voulais même pas envisager l'existence. J'ai repensé à Alex et à son sourire qui avait affaibli mes positions, se pouvait-il que mon cœur de pierre se soit mué subitement en cœur d'artichaut ? Se pouvait-il que j'éprouve pour Tom… J'ai secoué la tête, fait le vide dans ma tête, je refusais de penser à ça, le concevoir c'était lui donner corps et je ne pouvais pas. Tom était mon meilleur ami, mon frère, nous étions si proches que je le considérais presque comme une partie de moi. Je ne voulais pas autre chose, parce que ce que nous avions était parfait.

J'ai respiré un grand coup et j'ai réalisé que j'étais déjà arrivée à la maison. En ouvrant la porte, j'ai pris conscience qu'il y avait du monde dans la pièce.

Maman et Sam faisaient face à un petit type à l'allure soignée. Sa mèche si parfaitement positionnée qu'elle donnait l'impression d'avoir été finie à la règle et au compas, son polo boutonné jusqu'en haut du cou et son pantalon qui semblait avoir été repassé directement sur lui le faisaient ressembler à Ken, le fiancé de Barbie, en version petit et moche mais grandeur nature. J'ai saisi qui c'était en lisant l'inscription brodée en lettres tarabiscotées sur sa poitrine, « Maison Fraysson, traiteur depuis 1957 ». J'ai tout de suite senti que l'ambiance n'était pas au beau fixe à son visage, plus fermé qu'une huître à marée basse un jour de canicule. Il m'a à peine saluée tandis que je disais bonjour à Sam et maman. L'atmosphère qui régnait dans la pièce ne donnait pas envie de s'y attarder, je me suis excusée et j'ai filé dans ma chambre. Malgré ma porte fermée, j'ai aussitôt entendu la discussion reprendre, on était très loin de l'ambiance feutrée « petits-fours et canapés ». Je suivais l'échange tout en remplissant mon sac avec les cours du lendemain et en récupérant ce dont j'avais besoin pour la nuit. À un moment, j'ai entendu Sam qui assénait au traiteur :

— Vous êtes vraiment un charlot, vous pouvez remballer vos propositions et rentrer chez vous, on se passera de vos services.

Ken a répondu d'une voix pincée :

— Comme vous voudrez, mais, dans ce cas, les arrhes versées nous demeurent acquises, conformément au bon de commande signé par madame.

— Eh bien, on va considérer que c'est le prix à payer pour que vous débarrassiez le plancher vous et vos catalogues pour anesthésiés du palais.

J'ai eu à la fois envie de rire en entendant le croassement émis par le type, et des remords en pensant à maman qui ne pipait pas mot depuis le début de la discussion. Je savais combien elle avait été heureuse de dénicher ce traiteur, je sentais poindre la catastrophe, le cyclone familial. Quand j'ai entendu le type claquer la porte sans même avoir dit au revoir, j'ai hésité à me montrer, mais je n'avais pas vraiment le choix, j'avais dit à Tom que je faisais juste l'aller-retour.

— Tout va bien ? ai-je demandé innocemment en passant devant eux pour me servir vite fait un verre d'eau.

Personne ne m'a répondu.

Maman demeurait muette, bras ballants, regard perdu au loin. Sam est venu s'asseoir en face d'elle, à la place que le traiteur occupait encore quelques secondes plus tôt.

— Hélène, crois-moi, il n'y avait rien de bon dans cette carte. En tout cas, pas dans son entrée de gamme. Il ne te proposait que des sous-produits. De la merde présentée dans un écrin, ça ne devient pas comestible pour autant.

Maman a enfin retrouvé l'usage de la parole. Je me suis demandé s'il n'aurait pas mieux valu pour Sam que ce ne soit pas le cas.

— Eh bien, c'est tout ce que j'ai les moyens de me payer ! Je fais comment moi, maintenant, monsieur le spécialiste ? J'ai trente-cinq personnes qui débarquent dans deux jours et pas un truc à leur proposer à manger. J'ouvre trois paquets de chips ?

— Je vais t'aider, tu vas voir.

— Et tu vas me rembourser les arrhes aussi ?

Sam a un peu accusé le coup, mais pas longtemps. Ce n'était pas son genre.

— Je vais faire la cuisine et c'est moi qui paierai les courses. À l'arrivée, ça te coûtera beaucoup moins cher que ce que tu avais prévu et ce sera mille fois meilleur.

Maman toisait Sam de son regard de grande sœur, on sentait bien qu'elle n'était pas du tout convaincue mais qu'elle avait quand même envie d'y croire. Elle a hésité encore un peu, coincée entre la colère et l'espoir, puis elle a soupiré :

— De toute façon, je n'ai pas vraiment de plan B…

— Si, c'est moi ton plan B, et il est sacrément meilleur que le plan A, tu peux me faire confiance. On fait équipe ?

Maman a basculé et son sourire est revenu.

C'était tout Sam, ce genre de situation, il mettait le bazar, chamboulait le quotidien, mais il finissait toujours par en sortir quelque chose de joyeux, de léger. Un super-pouvoir en quelque sorte, vachement plus utile que voler ou devenir invisible.

Chapitre 32

En arrivant chez Tom, je me suis vite aperçue que la soirée serait sans doute plus tranquille que d'habitude, Élisa était malade, une vilaine fièvre l'avait mise K-O et elle dormait à poings fermés sur le canapé. J'ai proposé de repartir chez moi, mais Éric et Julie m'ont assuré que je ne dérangeais pas. Nous avons mangé dans un calme que j'avais rarement connu entre ces murs. De temps à autre, Julie se levait pour aller vérifier que tout se passait bien et Chloé la suivait chaque fois, inquiète et concernée. Alors que nous entamions tout juste le dessert, une petite voix enrouée en provenance du salon nous a interpellés.

— Moi aussi j'en veux du gâteau !

Julie a souri, soulagée, Éric a éclaté de rire et Chloé s'est précipitée vers sa sœur. Elles sont revenues toutes les deux, Élisa en culotte et débardeur, ses cheveux emmêlés formant un halo blond au-dessus de sa petite bouille toute ronde, accrochée à la main de sa grande sœur comme une embarcation frêle derrière son remorqueur. J'ai eu un pincement au cœur en les voyant. Elles m'ont semblé si fragiles toutes les deux et pourtant, à leurs mains entremêlées, à la façon dont elles se tenaient l'une contre l'autre, on percevait une force sereine qui émanait d'elles. Elles étaient deux, là l'une pour l'autre, elles le savaient et cela compensait le reste. Elles sont venues s'asseoir sur les genoux de Tom, qui a protesté pour la forme :

— Hey, vous ne commencez pas à être un peu grandes pour ça ?

Et, tout en prononçant ces mots, il les a entourées de ses bras et les a serrées contre lui d'un air ravi.

Chloé ne perdait pas le nord, elle en a profité pour lui demander :

— On peut venir regarder la fin du film dans ta chambre avant d'aller au lit ?

— Quel film ?

— *La Reine des neiges*. On a commencé à le regarder tout à l'heure avant qu'Élisa s'endorme.

Tom m'a lancé un regard amusé.

— Ça te tente ? C'est tout à fait ton style.

Julie a objecté avec douceur :

— Et si vous les laissiez un peu tranquilles, ils ont sans doute des choses de grands à se raconter ? Je vais plutôt vous installer dans notre chambre.

Je suis intervenue :

— Non, c'est bon, Julie. *La Reine des neiges,* ça se refuse pas.

Chloé et Élisa m'ont regardée comme si j'étais l'envoyée spéciale du Père Noël en personne et leur réaction valait tous les sacrifices du monde. Un court moment, je me suis sentie un peu coupable. Je n'étais pas tout à fait honnête ni avec eux ni avec moi-même, parce qu'il faut bien l'avouer, l'idée du tête-à-tête avec Tom me rendait de plus en plus nerveuse et la demande de Chloé et Élisa tombait à pic pour retarder le moment fatidique. Un petit répit qui n'était pas pour me déplaire.

Tom a fait chauffer un plein saladier de pop-corn pendant que Julie vérifiait la température d'Élisa avant de donner son accord, puis nous sommes montés en file indienne jusqu'au refuge de Tom. Chloé s'était mise à fredonner la chanson titre du film, j'avais beau ne l'avoir jamais vu, j'étais comme tout le monde, traumatisée à vie par ce refrain que les petites filles du monde entier reprenaient en chœur à tous les coins de rue, dans les parcs ou les magasins. Tom m'a regardée en souriant et il a chuchoté :

— Ça va aller ? Tu es sûre que tu pourras y arriver ?

La chambre de Tom était atypique. À la naissance d'Élisa, ses parents lui avaient aménagé dans les combles de la maison une pièce étroite tout en longueur, semblable à un long corridor, et, pour faire pénétrer un maximum de lumière, ils avaient fait agrandir l'unique fenêtre située tout au bout. Tom avait choisi d'installer son lit juste sous les vitres, un matelas XXL pour compenser sans doute les dimensions réduites de l'endroit. Il occupait toute la largeur de la mansarde, d'un mur à l'autre. Lorsqu'on s'y allongeait, le ciel semblait à portée de main. L'endroit ressemblait à une alcôve, un cocon douillet.

J'aimais cette chambre, je m'y sentais bien. Quand je venais dormir chez Tom, on s'installait tous les deux tête-bêche dans le sens de la largeur du matelas. Il était tellement vaste qu'on aurait pu y caser deux ou trois potes supplémentaires sans souci. Cela dit, la question ne s'était jamais posée, il y avait bien quelques personnes que nous appréciions, mais pas au point de les inviter à partager son lit et nos secrets.

Nous nous sommes installés, le mini-lecteur DVD rose de Chloé sur les étagères courant le long du mur, les filles entre nous deux, le pop-corn stratégiquement posé au beau milieu du lit. Élisa est venue se coller à moi et m'a précisé tout en plongeant ses petites mains dans le saladier avec enthousiasme :

— Tu sais qu'il existe un animal en Asie qui sent le pop-corn ?

— Tu te moques de moi ?

Elle a secoué la tête d'un air vexé.

— Non, pas du tout. C'est le binturong, on l'appelle aussi le chat-ours.

— Un animal qui s'appelle le biturong et qui sent le pop-corn ?

— Le bi-N-turong, m'a-t-elle corrigée avec une pointe d'impatience.

Tom m'a précisé à moitié en rigolant :

— Elle a décidé de devenir « animalologue ».

J'allais demander de quoi il s'agissait, mais il m'a fait signe de laisser tomber.

— Elle regarde des documentaires animaliers à longueur de journée. Si elle te dit que ce machin existe, c'est que ça doit être vrai.

Ça demandait vérification tout de même.

Le film a démarré, Tom m'a fait un rapide résumé de ce que j'avais raté. J'ai tenté de m'intéresser à l'intrigue, vraiment, mais c'était au-dessus de mes capacités.

En matière de films, peut-être un peu trop sous l'influence de ses petites sœurs, Tom appréciait les bons sentiments, les histoires qui finissent bien, la vie en rose. Moi j'aimais tout sauf ça. J'adorais les films d'action, l'humour si possible noir et un minimum d'hémoglobine me semblait nécessaire. Inutile de préciser que *La Reine de neiges* ne remplissait pas mes critères.

Le seul personnage qui m'a paru digne d'intérêt, c'est Olaf, le bonhomme de neige qui rêvait de vivre au soleil. J'ai trouvé ça ambitieux. Un peu stupide, mais touchant. J'ai quand même été ravie de voir que le prince charmant avait une chevelure d'un roux encore plus flamboyant que celui de Tom. Je me suis empressée de le lui faire remarquer, mais il a douché mon enthousiasme en marmonnant :

— Attends de voir la suite.

Il avait raison, le type en question se révélait être une belle ordure et finalement c'est le blondinet qui sauvait tout le monde et emballait la princesse. Merde, vu le succès planétaire du film, ça allait encore faire des dégâts sur toute une génération de rouquins, ce truc-là.

Quand le générique de fin a commencé à défiler sur l'écran, Chloé s'est levée sans discuter pour filer dans sa chambre, mais je me suis aperçue qu'Élisa avait déjà rejoint le pays des rêves.

— On la réveille ?

— Non, je vais la porter.

Il s'est approché et, d'un geste doux et tendre, il a effleuré son front de la main puis s'est penché pour y déposer un baiser. Ça ne semblait pas grand-chose, une simple marque d'affection d'un grand frère pour sa petite sœur, mais je me suis sentie toute remuée. Il y a eu encore un accroc dans mon armure. J'étais émue, touchée mais triste aussi, parce que je trouvais ça beau et parce que je savais que je n'y aurais jamais droit. La vie n'avait pas coché l'option grand frère protecteur pour moi.

J'ai attendu pendant qu'il ramenait Élisa dans sa chambre. Un instant j'ai pensé faire semblant de dormir lorsqu'il remonterait, puis je me suis reprise. Il n'y avait rien à fuir, rien à craindre, juste mon meilleur ami à qui j'avais roulé une pelle sans préavis, rien d'anormal. Ou presque. Ou si peu. Je contrôlais la situation.

Tu parles…

Je me suis glissée dans le lit, côté droit, mon côté. Sur ce point nous avions nos habitudes, pires qu'un vieux couple avec des années de vie commune au compteur. J'avais même mon oreiller attitré. J'ai des tendances anarchistes, mais elles ne se manifestent pas souvent et jamais en ce qui concerne mes habitudes de sommeil.

J'ai entendu le pas de Tom dans l'escalier et j'ai pensé à nouveau « rien à fuir, rien à craindre, rien d'anormal », sauf que le simple fait de me forcer à le penser revenait à admettre le contraire. Tom est rentré et s'est mis au lit comme si tout était normal. Rien dans son attitude ne trahissait la moindre gêne, alors je me suis détendue. Il a éteint la lumière, mais l'obscurité restait toute relative. Il n'y avait pas de rideaux à l'immense fenêtre, il n'y en avait jamais eu, Tom ne voulait pas, et la nuit grise pénétrait dans la chambre. Cela rajoutait au charme de la pièce, malgré l'exiguïté des lieux, on n'avait jamais vraiment l'impression d'être enfermé entre quatre murs. D'habitude, c'était l'instant que je préférais dans nos soirées, ce temps suspendu, la journée derrière nous, la nuit comme seule perspective, les confidences venaient sans qu'on les cherche. Mais là, je bloquais. J'ai eu peur que le silence ne s'installe, ça aurait été une grande première, pas vraiment heureuse. Tom n'a pas laissé faire.

— Bonne nuit, ma chérie.

J'ai éclaté de rire, il était très fort.

— Ma chérie ?

— Tu as raison, faudrait trouver un truc un peu plus fun. Et que je réactualise mon statut Facebook au passage.

J'ai fait mine de vomir.

— Ne me parle plus de Facebook…

— OK, tes désirs sont des ordres, mon amour.

J'ai refait mine de vomir.

— Et ne m'appelle pas mon amour, s'il te plaît.

Dans la pénombre, je l'ai vu se redresser contre ses oreillers et, lorsqu'il a parlé, sa voix était plus grave, plus douce aussi :

— Tu regrettes ?

Ma réponse a fusé :

— Bien sûr que non ! Et toi ?

— T'es folle, depuis le temps que j'en rêvais.

Il avait répondu avec un rire léger, c'était une plaisanterie forcément, assez drôle, je dois bien l'admettre. Pourtant, ma gorge s'était un peu serrée et j'ai réalisé que ça ne m'aurait pas dérangé qu'il l'ait dit sérieusement.

J'étais sacrément paumée, en fait.

Chapitre 33

La nuit ne m'avait pas porté conseil, mais au moins j'avais dormi comme une marmotte. Le soleil, timide, le week-end, tout proche, les rires de Chloé et Élisa qui fusaient dans la maison comme des chants d'oiseaux, il y avait dans l'atmosphère un courant d'air joyeux auquel je n'avais pas envie de résister et mes questionnements métaphysiques de la veille avaient fondu à la lumière du jour. Autant en profiter. Sur le trajet du collège, nous avons discuté comme d'habitude, cherchant à deviner ce que M. Hardi nous avait réservé pour la séance du matin.

— Ce serait bien de refaire de la boxe. Je pourrais demander à tomber contre Nicolas pour finir le boulot que tu as commencé.

— Avec son poignet en vrac ? Je suis même pas sûr qu'il vienne en sport.

— Dommage.

— T'es vraiment une sale brute, tu sais ?

— Il paraît.

On était déjà devant le collège, les élèves commençaient à affluer des rues avoisinantes, une meute bruyante est descendue à l'arrêt de bus situé juste en face des grilles. Tom a pris ma main et m'a fait un clin d'œil.

— On y va, chérie ?

Je me suis insurgée :

— Je suis OK pour tout, mais je t'en supplie, m'appelle pas « chérie », je vais péter un câble.

— OK pour tout, vraiment ?

Il a éclaté de rire et ajouté avec un regard un peu moqueur :

— Fais attention, ça pourrait me donner des idées.

La rumeur avait commencé à courir, et cette fois elle était dans notre camp. Je voyais dans le regard de ceux que nous croisions une étincelle d'intérêt, un arrêt sur image, on nous dévisageait, guettant l'indice, la confirmation. Le bruit disait-il vrai ? Ils avaient leur réponse assez vite. Tom jouait la comédie avec un naturel bluffant. Sa main qui cherchait la mienne comme par réflexe, ses regards tendres au vu et au su de tous, ses sourires rien que pour moi et deux ou trois fois un baiser. Rien à voir avec la démonstration impudique à laquelle je m'étais livrée la veille, Tom était tout en sobriété, ses lèvres effleuraient à peine les miennes. Je lui en étais reconnaissante. Je crois.

En sport, nous avons finalement eu droit à une initiation au lancer de javelot. Nicolas était bien là malgré son attelle au poignet, et le prof lui a proposé de courir à côté, sur la piste d'athlétisme. Je dois avouer que j'ai envisagé une demi-seconde de faire semblant de me vautrer et de calculer ma trajectoire pour que ma lance vienne se planter pile entre ses omoplates lors d'un de ses passages à proximité du groupe. J'ai eu une vision assez précise des dégâts que ça pourrait causer. C'était réjouissant, mais sans doute un peu excessif. À défaut de mieux, je me suis contentée de le regarder faire ses allers-retours. Il n'avait pas l'air bien nocif comme ça, avec son short en lycra qui claquait sur ses cuisses comme des ailes de chauve-souris déshydratées et ses sempiternelles taches de sueur sous les aisselles. J'ai profité d'un moment où son regard a croisé le mien pour le dévisager à la façon d'un tueur à gages qui vient de mettre la main sur son prochain contrat. Je voulais qu'il sache que je serais toujours là à l'épier pour déceler la moindre faille, le plus petit faux pas, et pour le lui faire bouffer encore et encore, jusqu'à ce qu'il s'étouffe avec et si possible qu'il ne s'en remette jamais. J'étais douée pour ça. Ça a duré une seconde seulement, parce qu'il a aussitôt détourné le regard pour contempler ses baskets. Mais au moins le message était passé, il savait que je ne baissais pas la garde et que je ne laisserais pas filer l'occasion de lui mettre le nez dans sa merde si elle se présentait. Je ne pensais pas que ça arriverait aussi vite.

Tom m'attendait à la sortie des vestiaires, parfait dans son rôle d'amoureux transi. Je commençais à me détendre mais je me débrouillais nettement moins bien que lui. J'ai roucoulé en agitant ma bouteille d'eau vide :

— Je te rejoins, je vais me chercher à boire. Tu veux que je te rapporte quelque chose ?

— Oh oui, une soupe de légumes, s'il te plaît !

J'ai rigolé comme s'il venait de sortir la vanne de l'année et je me suis éloignée en direction du coin snack. Je savais que je n'y trouverais pas foule, l'endroit avait perdu tout son intérêt le jour où l'Éducation nationale avait décidé de remplacer les sodas et les barres chocolatées par une fontaine d'eau fraîche et un distributeur de bouffe sans sucre, sans graisses et sans saveur. Proposer ce genre de choses à des ados, ça revenait à essayer de nourrir un tigre avec du foin, aucune chance qu'il soit tenté. En tournant à l'angle du couloir, j'ai aperçu Nicolas en train d'attendre devant les machines. Mon premier réflexe a été de tourner les talons, réaction légitime dictée par le dégoût instinctif qu'il m'inspirait, mais je me suis reprise. Comme souvent, il avait les yeux rivés sur son portable, ses écouteurs sur les oreilles, et il ne m'a pas entendue approcher. Je me suis appuyée contre le mur et j'ai attendu. Quand il a enfin levé la tête, je le fixais déjà depuis un petit moment. Il a sursauté et ses joues se sont teintées d'un rose pas très viril.

— Oh, salut, Marion…

Je me suis fait un plaisir de ne même pas répondre et j'ai continué à le dévisager en mode psychopathe, avec un sourire juste assez tordu pour qu'il puisse passer à la fois pour un salut et pour une grimace. Il a porté sa main à l'arrière de son pantalon pour glisser son portable dans sa poche et au même instant la sonnerie du distributeur de boissons chaudes a retenti, un petit bip chétif mais strident. J'ai vu le portable tomber par terre, mais Nicolas, lui, ne s'est aperçu de rien. Il semblait nerveux, le pauvre, on se demande bien pourquoi. Il a tenté une nouvelle fois :

— Ça va, toi ?

— Bof. J'ai un problème qui me perturbe. Ça ira beaucoup mieux quand ce sera réglé.

Le rose a viré au rouge cramoisi.

— Ah ! bon, ben je te laisse la place.

Il a détalé avec son gobelet. Nicolas prenait des soupes de légumes. Ce mec avait vraiment un problème.

Je me suis baissée pour m'emparer du portable, l'écran ne s'était pas encore mis en veille. Je n'aurais même pas osé espérer une telle occasion, aussi facile, aussi limpide. C'était un coup de pouce du destin, une force surnaturelle bienveillante qui m'offrait sur un plateau la tête de mon ennemi, ou au moins l'accès à son portable, autant dire l'accès à tous ses secrets, même les plus inavouables. J'ai commencé à farfouiller et, pour une fois, j'ai regretté de ne pas être un poil plus geek. Je me sentais comme un chasseur qui se retrouve face à sa proie et qui se rend compte subitement qu'il ne sait pas comment marche son fusil. J'ai sursauté en entendant la voix de Lila derrière moi, preuve que je n'avais pas la conscience tout à fait tranquille.

— Qu'est-ce que c'est ?

Elle a plissé les yeux, à l'évidence elle avait repéré le portable.

— T'as un nouveau téléphone ?

— Non, c'est pas le mien.

— Celui de Tom ?

J'ai secoué la tête et aussitôt j'ai vu son regard faire tilt, Lila ne fait pas que parler, elle réfléchit aussi. Le sourire qui a fleuri sur ses lèvres en disait long sur son enthousiasme.

— Qu'est-ce que tu comptes faire ?

— Trouver le film et l'effacer.

Elle a tendu la main et, après une courte hésitation, je lui ai donné mon butin. Il lui a fallu moins d'une minute pour mener à bien l'opération.

— Et après ?

J'ai haussé les épaules.

— J'en sais rien, tu pourrais le lui faire exploser à la figure ? Ça me ferait ma journée.

— Pas dans mes compétences, va falloir trouver autre chose. On peut troller ses réseaux, rendre publiques ses conversations privées, l'abonner à des contenus pourris… ou alors trouver un tuto un peu dégueu intitulé « Comment surmonter ses problèmes de transpiration » et le partager avec tous ses contacts, ça pourrait être drôle, qu'est-ce que tu en dis ?

Pendant qu'elle manipulait l'objet avec la dextérité d'un expert, j'ai soudain repensé à Tom, à sa droiture sans faille, et j'ai su que ce que nous étions en train de faire ne lui ferait pas le moindre bien. Pire, il se pouvait même qu'il se sente coupable sans avoir rien fait. J'ai posé une main sur le bras de Lila.

— Non, attends.

— Attendre quoi ? On n'a pas trois heures non plus.

— On efface juste le film.

— C'est tout ? Ça ne changera pas grand-chose, tu sais, il a déjà circulé.

— Au moins il saura qu'on l'a trouvé et qu'on est au courant que c'était lui. Ça devrait le dissuader de recommencer.

Elle avait l'air si déçue que je n'ai pas pu m'empêcher de sourire. J'avais l'impression d'avoir en face de moi une gamine privée de dessert. Elle a insisté une dernière fois :

— Tu sais, j'aime bien Tom moi aussi. Enfin, pas autant que toi, mais n'empêche, Nico mériterait une petite leçon. Depuis le temps qu'il se permet de faire des crasses en douce, ce serait bien que quelqu'un lui fasse comprendre ce que ça fait d'être du mauvais côté de la barrière.

Je me sentais comme ces personnages de dessin animé de mon enfance, ceux avec un petit ange sur une épaule et un petit démon sur l'autre, mais finalement c'est l'ange qui a gagné. J'ai regardé Lila droit dans les yeux :

— Ce n'est pas ce que voudrait Tom.

— Tu as probablement raison…

Elle m'a rendu le téléphone et a tourné les talons en lançant :

— Je me tire vite avant de changer d'avis !

Chapitre 34

Nous nous étions dit au revoir devant les grilles du collège, une trentaine de regards indiscrets scrutant tous nos faits et gestes. Tom s'amusait à me taquiner, il en faisait des tonnes et prenait bien soin de parler assez fort pour qu'on l'entende à trois cents mètres à la ronde :

— Tu vas me manquer jusqu'à demain.

— Demain ?

— La soirée chez toi. T'as pas oublié, quand même !

L'anniversaire de maman. Bien sûr, Tom était invité, avec tout le reste de la famille.

— Non, je n'ai pas oublié.

J'essayais de paraître naturelle, sauf que je manquais de pratique en la matière et n'avais aucune idée de ce qui était normal dans ce genre de situation. J'ai fini par me précipiter dans ses bras et me serrer contre lui, le visage enfoui contre son sweat. Il m'a rendu mon étreinte et m'a glissé dans l'oreille :

— Je crois que t'en fais un peu trop, là…

J'ai tenté de me reculer aussitôt, mais il m'a retenue.

— Tsss, c'est trop tard maintenant.

J'ai murmuré :

— Je suis nulle, hein ?

— Je dirais pas ça comme ça.

— Tu le dirais comment ?

Il a ri, mais ce n'était pas un rire moqueur ou ironique.

— On s'en fout, Marion. Arrête de te prendre la tête.

Il m'a embrassée une dernière fois, un vrai baiser de cinéma cette fois. Normal, nous avions un public.

Je suis arrivée devant la maison sans même m'apercevoir que j'avais fait le trajet et j'ai grimpé les quelques marches de l'escalier toujours en apesanteur. Je me sentais bien, sereine, sans trop savoir pourquoi et ne cherchant pas à résoudre le mystère. Sur la terrasse, Bidule est venu à ma rencontre en tortillant son petit bout de queue comme un balai d'essuie-glace sous une violente averse. J'ai supposé que ça voulait dire qu'il était content de me voir, ce qui s'est confirmé par la suite lorsqu'il s'est redressé, en appui sur ma jambe, afin de quémander quelques caresses avec la dignité d'un ado qui aurait fait une descente fructueuse dans le bar de ses parents. Je me suis laissé avoir et j'ai répondu à la demande, au début plus par pitié qu'autre chose. Je me suis assise sur le carrelage froid et j'ai commencé à lui gratouiller la tête. Quand il ne grondait pas, il était presque touchant avec sa trombine toute de travers et son regard de chien battu. En cherchant bien, on pouvait même se demander s'il n'y avait pas une forme d'intelligence dans cet être improbable. J'allais juste mettre un terme à la séance de papouilles quand la porte s'est ouverte. Sur le pas de la porte d'entrée, Sam nous observait d'un œil incrédule :

— Vous êtes copains, tous les deux ?

— Tu le répètes à personne ou je serai obligée de te faire éliminer, j'ai répondu du tac au tac avec un sourire jusqu'aux oreilles.

Il a fait mine de faire glisser une fermeture Éclair le long de ses lèvres puis est venu se joindre à nous. Bidule, le sale traître, m'a aussitôt oubliée pour aller faire sa danse du ventre auprès de celui qui était encore son meilleur ennemi à peine trois jours auparavant.

— Il faudrait que je trouve un cadeau pour ta mère. T'aurais pas des idées à me donner ? Ça fait deux jours que je me creuse la cervelle, je commence à désespérer.

J'ai répété d'un ton désabusé :

— Un cadeau ?

— Ben oui, tu sais, ce machin qu'on offre à Noël ou aux anniversaires et qui est censé faire plaisir à la personne qui le reçoit.

J'ai secoué la tête avec conviction.

— Crois-moi, ce serait plus facile pour toi de dégoter une ogive nucléaire.

— À ce point ?

— Tu sais bien, maman n'est pas très cadeaux. Pas du tout, en fait.

— On doit bien pouvoir trouver un petit quelque chose quand même ?

Il a envisagé un bijou, un foulard, un assortiment de savons, tous ces cadeaux prêts à offrir qui crient le manque d'inspiration et d'implication. Je n'ai même pas eu besoin de le dissuader, maman méritait mieux, pas forcément plus cher ou plus classe, juste un cadeau qui lui ressemble et qui lui parle un peu. Sam avait beau être immature et désinvolte, cela n'empêchait pas un minimum de sensibilité.

— Je peux pas ne rien lui offrir !

J'ai haussé les épaules, persuadée de ne pouvoir lui être d'aucune utilité sur ce coup.

— Moi, c'est ce que je fais depuis des années. Elle dit qu'elle préfère.

— Pour une fois que je viens à son anniversaire !

— C'est ça, le cadeau. Ta présence, rare et inestimable.

Il a froncé les sourcils et m'a dévisagée pendant quelques secondes, faussement vexé.

— Tu ne serais pas en train de te payer ma tête ?

— Pas du tout.

Maman nous a trouvés là tous les trois. Sam et moi assis sur la dernière marche de l'escalier, Bidule allongé de tout son long en travers de nos genoux. En nous apercevant, elle a eu un sourire d'une douceur qui ne trichait pas. Pas un truc mièvre ou fleur bleue, non, juste un aveu de bonheur.

Nous l'avions trouvé, notre cadeau, sans même avoir eu besoin de le chercher…

J'ai été réveillée par des bruits de cuisine. Sam avait dû se lever aux aurores pour se mettre aux fourneaux et rattraper sa bourde avec le traiteur. Je n'avais pas envie d'émerger, pas encore, le jour se levait à peine.

Samedi déjà. Le temps filait comme s'il avait soudain pressé le pas. Deux semaines depuis que ma terre avait tremblé, une semaine depuis que celle de Tom avait vacillé. J'avais mis les pieds dans une zone de turbulences. Pendant un moment j'ai bien failli revenir sur tout ce qui s'était passé, mais je me suis vite reprise. Pas besoin de longs débats pour savoir qu'une introspection matinale ne me mènerait nulle part, en tout cas nulle part où j'aurais envie de m'attarder, j'étais déjà passée par là, sans résultat. Je n'avais aucune envie de refaire le voyage. J'ai invoqué mon petit cœur de pierre, mis tout ça de côté, décidé de ne pas me laisser faire. Après tout, aujourd'hui était un grand jour. Encore un, je les collectionnais ces derniers temps.

J'ai quand même fini par me décider à sortir de mon lit. Juste quand je me redressais, un rayon de soleil a percé à travers les rainures du volet roulant, venant m'éclabousser de sa lumière joyeuse. Pour un peu, j'y aurais vu un signe du destin, mais ce n'était pas mon genre. Je me suis juste réjouie que le beau temps soit de la partie pour la soirée de maman, ça voulait dire qu'on pourrait profiter du jardin. Mon téléphone a bipé sur ma table de chevet, j'ai jeté un coup d'œil à l'écran, Tom m'avait envoyé un SMS : « Bonjour, ma chérie, tu as bien dormi ? » J'ai souri toute seule dans ma chambre et je lui ai envoyé aussitôt : « Arrête !!! » Sa réponse a été immédiate : « Moi aussi je t'aime. » Mes yeux se sont accrochés à ce petit bout de phrase. J'avais beau savoir que c'était de l'humour, du Tom tout craché, je ne pouvais empêcher ce drôle de petit pincement. Ça me faisait bizarre de voir ces mots sur l'écran. J'ai à nouveau convoqué mon cœur de pierre. Il allait falloir que je l'envoie passer une révision complète, celui-là, parce qu'il commençait à donner trop de signes de faiblesse. Ce n'était pas le moment qu'il me lâche. J'ai fourré mon téléphone dans le tiroir de ma table de chevet et je suis partie me doucher.

À peine sortie de la salle de bains, j'ai été embauchée par Sam pour faire une descente à l'épicerie du quartier. Il voulait que je lui rapporte trois douzaines d'œufs, du lard fumé, de la moutarde à l'ancienne et des patates douces. J'étais très loin de mon univers habituel, mais c'était pour la bonne cause. Je suis partie en mission commandée avec ma liste soigneusement pliée dans ma poche : à part les œufs, j'avais rarement pratiqué les autres ingrédients qu'il m'avait demandés. En temps normal, j'aurais râlé, pour la forme et pour le fun, mais là j'étais presque contente d'apporter mon petit grain de sel aux derniers détails. Maman ne stressait plus, à croire que, l'échéance approchant, elle avait décidé de profiter de la journée et d'en oublier les tracas collatéraux. Sam gérait la cuisine.

Je m'étais engagée à lui donner un coup de main pour les finitions et maman devait occuper le meilleur poste, celui de superviseuse générale et décoratrice en chef. Ce devait être une journée speed mais sympa, avec la récompense au bout, une belle soirée d'anniversaire. Je m'étais faite à l'idée, plus que ça encore, je l'avais apprivoisée, adoptée et j'avais fini par m'enthousiasmer. Peut-être aussi que je comptais un peu sur ces quelques heures pour effacer le désastre de la soirée chez Alex.

Je n'ai pas vu venir l'ennemi. Il a surgi de l'intérieur.

e

j

CHAPITRE 35

Lorsque je suis rentrée dans la cuisine, la pièce commençait à ressembler à une annexe de restaurant. Les plateaux s'empilaient, une montagne de pain occupait la quasi-totalité du bar et tous les feux de la cuisinière étaient occupés. Sam et maman me tournaient le dos, occupés à mixer le contenu d'une énorme casserole. Je n'avais aucune idée de ce dont il pouvait bien s'agir, mais ça sentait rudement bon. Le bruit assourdissant couvrait tout et ils ne m'ont pas entendue revenir. Quand le mixeur a cessé enfin de résonner dans la pièce, Sam a pris la parole comme s'il poursuivait une conversation interrompue :

— Tout ce que je dis, moi, c'est que tu lui dois la vérité maintenant. Elle est assez grande pour l'entendre.

Maman a marmonné quelque chose d'une voix si basse que je n'ai pas pu l'entendre.

— C'est malsain, Hélène. Elle est la première concernée et la seule à ne pas savoir.

Je me suis figée, le panier de courses à mes pieds, ma veste encore sur les épaules. J'étais tétanisée, le froid qui me pénétrait peu à peu effaçait sur son passage l'optimisme un peu mièvre qui m'habitait depuis mon réveil.

— Je lui dirai tout après la fête, au calme. De toute façon, j'avais prévu de le faire même si elle ne s'était pas mise à me poser des questions, mais j'attendais le bon moment.

— Il n'y a pas de bon moment pour ce genre de chose. Tu te lances et tu te débarrasses du fardeau, c'est tout.

C'est Sam qui m'a vue la première. Maman a mis quelques secondes supplémentaires à s'apercevoir de ma présence, elle s'est retournée d'un coup et m'a lancé un regard incrédule. Je voyais assez bien ce qui se passait dans sa tête. Elle se demandait depuis combien de temps j'étais là et ce que j'avais bien pu entendre. Gros malaise. Dans un western, c'est là qu'on aurait eu droit à la musique du duel, sauf que, pour ma séance de ciné à moi, il y avait juste le bruit des casseroles sur le feu. Mes yeux allaient de l'un à l'autre et je savais ce qu'ils devaient y lire. Pas la surprise, non, ça, c'était fini, il y avait un moment que j'avais compris qu'on me cachait des choses. Ce que je ressentais, ce qui devait transparaître, c'était l'écœurement, la sensation d'être ballottée dans le secret des autres, d'être le personnage central d'un jeu dont j'étais la seule à ne pas connaître les règles et le but. Les adultes sont censés être fiables et, à cet instant précis, la seule chose qui m'occupait l'esprit, ce n'était pas tellement de savoir ce qu'ils me taisaient, c'était plutôt la sensation d'être la dernière roue du carrosse. J'étais remontée dans le rouge direct. J'ai profité de ce moment de pouvoir, ces quelques secondes où ils me regardaient sans trop savoir quoi dire. L'envie de crier était si forte que je me suis tue. Quand j'ai senti que maman allait se décider à parler, je ne lui ai laissé aucune chance, je me suis éclipsée.

Ce n'était pas fair-play, je savais que c'était pile ce qui lui ferait du mal. Maman, grande adepte de la communication intergénérationnelle, du « crevons l'abcès avant que ça ne s'infecte » allait morfler sur ce coup.

Tant pis, c'était elle qui avait décidé de se taire la première.

Je suis partie dans ma chambre en prenant bien soin de refermer doucement la porte derrière moi, histoire de leur montrer que je gardais le contrôle. Sauf que ce n'était pas vrai. Je leur mentais et je me mentais à moi aussi. La vérité, c'était que je ne contrôlais plus rien, j'étais en chute libre.

J'ai repensé à la métaphore de Tom sur les murs dans nos vies. Je le voyais se profiler depuis un moment, celui-là, immense, au beau milieu de ma route, et je venais de foncer dedans avec toute la vigueur du monde. Maintenant, il allait falloir gérer la douleur…

J'ai imaginé que Sam viendrait en éclaireur, un drapeau blanc à la main et une colombe sur l'épaule. Mais, bien sûr, ça ne s'est pas passé comme ça.

Maman est montée toute seule au front. C'était logique, après tout elle était seule responsable des dégâts. Elle avait donné la consigne, Sam s'était contenté de la suivre.

Elle a toqué à la porte tout doucement, je n'ai pas répondu. J'étais partagée entre l'envie de la laisser attendre sur le pas de ma porte une éternité au moins et celle de voir comment elle allait s'en tirer. J'ai entendu la porte de ma chambre s'ouvrir, mais je suis restée immobile. Elle a attendu un instant, puis, comme je refusais toujours de la regarder, elle a fini par venir s'asseoir sur le lit, tout près, mais sans me toucher.

Je n'étais pas prête à baisser les armes, je me sentais encore des envies de juger, le droit de la condamner. C'était comme si mon exaspération avait gonflé à l'intérieur de mon corps, qu'elle y avait pris toute la place. D'autres auraient été perdus, se seraient plaints, moi je trouvais plus facile de me laisser porter par l'hostilité et la rancœur.

Maman me connaissait trop bien, elle savait que je ne céderais pas la première. Elle a murmuré simplement :

— Demande-moi tout ce que tu voudras, je te promets de répondre.

Je l'ai enfin regardée. Elle me dévisageait, tête penchée, avec sur le visage une expression où se mêlaient la tendresse et l'appréhension.

C'est là que je les ai vus.

Sur sa tempe droite, quelques cheveux blancs, d'un blanc immaculé, tranchant sur sa chevelure sombre, et un détail infime au coin de ses paupières, un petit sillon discret, léger comme le trait de crayon d'un artiste hésitant. Quand est-ce qu'ils étaient apparus ? Pourquoi m'avaient-ils échappé ?

Le silence s'est éternisé. Je la dévisageais, elle ne fuyait pas mon regard.

Et puis, d'un coup, l'envie de la protéger a été plus forte que l'envie de me battre.

J'ai pris encore le temps de laisser retomber l'agressivité qui m'occupait comme un pays tout entier annexé. Après quelques minutes en suspens, une parenthèse, j'ai fini par laisser aller mon front contre son épaule comme une déclaration de paix, puis j'ai soufflé :

— Tu me diras toute la vérité, promis ?

Elle a hoché la tête. Le moment était enfin venu.

Chapitre 36

Je suis allée chercher le cadre qui trônait sur mon bureau et je le lui ai tendu.

— OK, regarde attentivement cette photo et dis-moi ce que tu vois.

Elle l'a prise et, pour la première fois depuis que nous l'avions retrouvée, elle s'est vraiment penchée dessus. Pendant de longues secondes elle n'a rien dit, puis j'ai vu une lueur s'allumer dans ses yeux.

— Alors ?

Elle a hésité encore un peu, puis a fini par me lancer un regard incrédule.

— On dirait ton prof !

— M. Aymet. Bluffant, non ? Vas-y, explique-moi, maman, parce que là, je suis paumée.

Ma voix s'est brisée.

— Ton père n'est pas mort.

Je le savais.

— Il est parti. Quand je lui ai annoncé que j'étais enceinte, il a pris ses cliques et ses claques et il est rentré en courant chez papa et maman, qui ne demandaient que ça. Ses parents voyaient d'un assez mauvais œil notre relation. Il n'a plus jamais donné de nouvelles.

J'ai attendu la suite. Je n'ai rien dit. Pas parce que je n'avais rien à dire, mais parce que je ne savais pas quelle question poser en premier parmi les mille qui me venaient à l'esprit.

— Je lui ai quand même envoyé une photo de toi lorsque tu es née. Je me dis parfois qu'il n'a pas eu le courage de se manifester tout de suite et que, maintenant, il croit que c'est trop tard. Il doit forcément penser à toi chaque fois qu'il croise une jeune fille de ton âge, et le monde est rempli de filles de quatorze ans.

Elle a lancé avec une hostilité que je crois bien n'avoir jamais entendue de sa part :

— Tu vois, elles représentent ta revanche contre son indifférence.

Puis son regard est venu chercher le mien et j'y ai lu qu'elle s'inquiétait de me voir souffrir.

— Quand tu as commencé à me demander où il était, je te répondais la vérité, qu'il était parti. Des fois tu me demandais aussi quand il reviendrait, au début je te disais que je n'en savais rien, et puis j'ai fini par t'expliquer qu'il ne reviendrait jamais. Je n'y croyais plus et je ne voulais pas te donner de faux espoirs.

J'ai enfin pris la parole, dans un souffle j'ai demandé :

— Mais pourquoi tu m'as dit qu'il était mort ?

Elle a secoué la tête.

— Tu étais encore toute petite lorsque ta grand-mère Louise, ma maman, est décédée dans un accident de voiture. On a eu cette conversation toutes les deux, je t'ai expliqué qu'elle était partie au ciel et que nous ne la reverrions plus jamais. C'est là que tu m'as regardée, droit dans les yeux, et tu m'as dit : « Comme papa ? » Je ne t'ai pas dit oui, mais je ne t'ai pas détrompée non plus. C'était facile. Si facile. Je ne t'ai jamais dit qu'il était mort, mais je t'ai laissée le croire.

Ses yeux s'étaient remplis de larmes qui ne coulaient pas. Elle a repris :

— Je pensais t'avouer la vérité un jour, mais tu as arrêté de poser des questions juste au moment où je m'étais décidée à le faire.

La tête me tournait un peu, j'enregistrais toutes ces infos, cela ne voulait pas dire que je les digérais, loin de là. Je faisais barrage à tout ce qui pouvait me faire perdre pied, je procédais par étapes, me contentant d'essayer d'y voir clair.

— C'est quoi alors, cette photo ?

Elle a à nouveau regardé le cadre.

— Ton père est vivant, mais ce n'est pas lui, évidemment. Si j'avais su… Tu devais avoir quatre ans, je pense, peut-être cinq. Un matin, je t'accompagnais à l'école et sur le trajet tu m'as réclamé une photo de ton père. Quand je t'ai répondu que je n'en avais pas, tu as éclaté en sanglots. Tu ne pleurais quasiment jamais, Marion. Tu étais une petite fille à la fois forte et joyeuse, un vrai bonheur. Je n'avais pas l'habitude de te voir ainsi et ça m'a brisé le cœur, j'y ai pensé toute la journée. À l'époque, le soir, deux fois par semaine, Sam venait te garder à la maison et moi j'allais aider Mme Gimenez à faire la fermeture de son salon de coiffure, en bas de notre immeuble. Tu t'en souviens peut-être ?

J'ai secoué la tête, elle a repris :

— C'était un tout petit salon bon marché, avec une clientèle très variée, les vieilles copines de Mme Gimenez qui venaient pour leurs permanentes, quelques mères de famille qui trouvaient le temps et les étudiants fauchés du campus juste à côté, ton prof devait faire partie de ceux-là, j'imagine. Pour décorer son salon, elle avait l'habitude de demander à ses clients l'autorisation de les prendre en photo après les avoir coiffés et d'accrocher leur portrait aux murs. Mon portrait était affiché sur ce mur, le tien aussi… Elle trouvait que cela faisait plus authentique, plus familial. De temps en temps, elle en décrochait un pour en accrocher un autre à la place. Le soir où tu m'as réclamé la photo de ton père, elle a décroché celle-ci, je n'ai pas vraiment réfléchi, je l'ai prise et, au lieu de la jeter, je suis rentrée à la maison avec et je te l'ai donnée.

— Tu m'as donné la photo d'un inconnu ?

Elle regardait toujours le portrait, posé sur ses genoux.

— Il lui ressemblait un peu. Je me suis dit que c'était mieux que rien. C'était stupide, n'est-ce pas ?

J'ai hoché la tête, incapable de l'enfoncer un peu plus, elle avait l'air déjà tellement malheureuse. J'avais voulu la vérité et j'étais enfin exaucée, mais elle avait un goût étrange qui me resterait un moment en travers de la gorge.

Au final, tout ce que je parvenais à me dire, c'était : « Tout ça pour ça. »

Pendant un long moment, on n'a plus rien dit. On était toutes les deux si proches et si éloignées, deux bateaux pris dans la même tempête mais chacun occupé à affronter les vagues et les vents avec ses propres armes.

J'ai répété plusieurs fois dans ma tête « Mon père est vivant, mon père est vivant », mais les mots refusaient de prendre corps. J'ignorais ce que j'étais censée ressentir. La joie de le savoir en vie, les regrets de ne pas l'avoir connu, la colère d'avoir été abandonnée. Ça faisait sans doute trop à la fois, mon esprit a choisi de botter en touche. Un feu d'artifice, mais en noir et blanc et sans le son. La seule chose qui est sortie de tout ça, c'est une sensation douloureuse dans mes iris, une pression qui venait de très loin mais de l'intérieur. J'avais envie de pleurer.

Au bout d'un moment, elle a murmuré :

— Marion, j'ai un mot pour ta collection. « Pardon ».

J'ai senti les derniers restes de ma colère refluer très loin, emportés au large.

— Je l'avais déjà, celui-là, mais je le prends quand même.

Elle a alors saisi ma main pour y glisser un petit morceau de papier, j'allais regarder de quoi il s'agissait lorsqu'elle a devancé mon geste et retenu mes doigts entre les siens.

— Attends !

Sa réaction n'a fait qu'attiser ma curiosité.

— Qu'est-ce que c'est ?

Elle a répondu très vite, en butant presque sur les mots :

— J'y ai noté la dernière adresse de ton père, celle de ses parents. Si tu veux le retrouver, c'est là-bas qu'il faut chercher.

Soudain, le bout de papier est devenu brûlant au creux de ma paume.

— Tu n'as jamais cherché à le recontacter ?

Elle a secoué violemment la tête.

— Je lui ai donné sa chance. Il ne l'a pas saisie.

J'ai bien aimé sa réponse. C'était celle d'une guerrière.

Chapitre 31

Lorsqu'elle a refermé la porte derrière elle, j'ai arrêté de me retenir. J'ai enfin laissé dévaler le flot qui poussait derrière mes yeux comme un torrent de montagne à la fonte des neiges. Cette fois je pleurais pour de bon, je pleurais et ça me faisait sourire, cette quantité incroyable d'eau qui s'échappait de mon corps, ça semblait presque impossible. Toutes les larmes que je n'avais jamais pleurées s'étaient donné rendez-vous ce jour-là, à cet instant précis. Je n'ai pas lutté, pas joué au maître zen, je me suis étendue sur le matelas et j'ai attendu que ça se calme en permettant à mon corps de s'exprimer à coups de gros sanglots un peu ridicules. Au point où j'en étais, ça ne faisait pas une grosse différence.

Je me sentais balayée par quelque chose que je ne maîtrisais pas, et ce n'était pas aussi terrible que j'aurais pu l'imaginer. Je découvrais peu à peu une chose que je n'avais pas envisagée. Lâcher prise n'était pas forcément faire aveu de faiblesse. Je pressentais déjà que, lorsque les spasmes et les soupirs s'éteindraient, je serais plus grande, plus forte. Ce n'était pas juste du chagrin, c'était une étape vers autre chose.

Mes pleurs ne signifiaient pas que je m'inclinais, ils voulaient dire que je faisais face.

Longtemps après que le flot se fut tari, je me suis enfin décidée à sortir de ma chambre. En pénétrant dans la cuisine, j'ai trouvé Sam en train de discuter avec Ethel, mais pas trace de maman.

— Tu as une drôle de mine, mon petit. Un souci ?

Elle me fixait avec cette douceur dans le regard, cette bienveillance totale qui me faisait rendre les armes à chacune de nos conversations. Impossible de ne pas lui répondre.

— Je viens d'apprendre que mon père était vivant.

Elle n'a pas marqué la moindre hésitation. J'aurais pu tout aussi bien lui annoncer que je venais de me prendre une tôle au badminton ou de perdre mon trousseau de clés. Elle a insisté doucement :

— Un souci ?

J'ai réfléchi. Sam m'observait sans rien dire. Finalement, j'ai répondu :

— Non. Je ne pense pas. Nous verrons bien.

Elle avait raison sur toute la ligne. Mon père n'était pas un souci. Il n'y avait que deux options. Soit il s'avérait que c'était un parfait tocard et il continuerait à ne pas me manquer, soit ce type regrettait sa fuite peu glorieuse et nous pourrions éventuellement envisager un rapprochement. J'avais connu des jours meilleurs, des jours plus calmes, des plus faciles, mais celui-ci n'aurait pas que des défauts. Au moins, j'avais eu des réponses à toutes mes questions.

Deux minutes de conversation avec Ethel et mon horizon se dégageait. Elle a eu un petit sourire satisfait, puis a ajouté :

— J'étais venue déposer quelque chose pour toi.

Elle est allée chercher une housse posée sur une chaise, à laquelle je n'avais pas prêté attention jusque-là.

— J'ai fait encore un peu de rangement et j'ai retrouvé cette robe. J'ai pensé qu'elle était exactement ce qu'il te fallait, mais surtout ne te sens pas obligée de la porter si elle ne te plaît pas.

— C'est gentil. Merci beaucoup.

— Bien. On se voit ce soir, alors ?

Et elle a quitté la pièce sans attendre notre réponse.

Sam s'est tourné vers moi, un sourire aux lèvres.

— Je suis totalement sous le charme. Plus je la connais et plus je craque.

— Elle n'est pas un peu âgée pour toi, quand même ?

— Je suis né trente ans trop tard.

— Trente ans ?

— Bon d'accord, un peu plus.

J'ai reniflé en guise de réponse et j'ai essayé de sourire. C'était raté, mais Sam a fait comme si de rien n'était.

— Tu veux déjeuner avec moi ?

— Et maman ?

— Elle vient de partir chercher les plateaux de fromage chez le crémier. Elle m'a dit de me débrouiller. Je pense qu'il va lui falloir encore un peu de temps.

On s'est installés tous les deux sur un petit bout de bar que Sam avait réussi à dégager, et on a grignoté vite fait en discutant du menu du soir, des invités, d'Hervé aussi. Et puis, d'un coup, il m'a lancé un regard un peu plus sérieux.

— Vous avez pu mettre les choses au clair ?

Pas besoin de chercher pendant trois heures de quoi il voulait parler. J'ai hoché la tête.

— C'est bien.

— Comment il était ?

— Qui ? Ton père ? Sympa. Je l'aimais bien. Il a fait une énorme connerie en partant, mais ce n'était pas un connard.

— Il n'avait pas quinze ans non plus. Il aurait pu assumer.

— Tout le monde n'est pas aussi fort que toi, Coquillette. Des fois, les choses sont compliquées. Je crois qu'il a eu peur, c'est tout.

— Pas un connard, mais un trouillard, alors. Super !

— Comme beaucoup de gens, j'imagine.

Peut-être que je me trompais, mais j'ai eu la nette impression qu'il s'englobait dans le lot. Je n'ai pas eu le temps de m'appesantir sur la question, car il a aussitôt enchaîné :

— Bon, il va falloir que je me remette en cuisine et que je bosse comme un forcené pour préparer le banquet inoubliable que j'ai promis à ta mère. Toi, tu vas aller te détendre et te faire toute belle pour ton chéri et, ce soir, on va faire la fête tous ensemble et profiter de chaque instant.

— Je n'ai pas de chéri.

— Cause toujours, Ethel m'a tout raconté. Et je ne peux qu'approuver ton choix, Tom est un mec génial.

Je n'ai pas insisté et je me suis contentée de répondre :

— C'est vrai, il est génial.

« Me faire belle ». Les mots de Sam sont revenus trotter dans ma tête. Pour autant que je m'en souvienne, il n'y avait eu qu'une seule occasion où j'avais réellement senti de l'admiration dans le regard des autres et ça remontait à très peu de temps. Une semaine exactement. J'ai ouvert ma penderie et je l'ai vue, accrochée à son cintre, parfaitement repassée, comme si elle sortait tout droit du magasin. Elle ne m'avait pas réussi la première fois que je l'avais portée, comme soirée pourrie on pouvait difficilement faire mieux, et, même si je n'étais pas superstitieuse, je n'avais pas envie de lui accorder une seconde chance. D'autant plus que Mme Giffault venait de m'offrir une nouvelle option. Je suis retournée chercher la housse dans le salon. Le plastique était usé, rendu rigide par les années, la fermeture Éclair bloquait un peu. Je commençais à avoir des doutes. J'ai réussi à l'ouvrir après avoir bataillé un moment. J'ai entendu Sam s'exclamer de la cuisine derrière moi :

— Waouh !

Mes doutes se sont envolés.

Chapitre 38

J'ai récupéré mon portable dans le tiroir où je l'avais exilé et j'ai vu sur l'écran que Tom m'avait bombardée de messages, tous commençant ou finissant par « Ma chérie ». Il avait dû prendre mon absence totale de réaction pour une mesure de rétorsion, car il avait fini par écrire : « C'est bon, promis, j'arrête. »

Je n'ai pas pu m'en empêcher, je lui envoyé : « OK. C'est sympa, mon chéri. »

Il a rappelé dans la foulée et, en entendant sa voix, j'ai réalisé combien j'avais envie de le voir.

— T'arrives quand ?

— En même temps que les autres invités. Sauf si tu as besoin de moi avant.

— J'ai besoin de toi avant.

— OK. Tu veux que je vienne à quelle heure ?

— Tout de suite.

— Marion, faudrait que t'apprennes à être un peu moins autoritaire…

— J'essaierai. Alors ? Tu viens ?

Il a ri et a raccroché sans rien ajouter.

Je suis allée l'attendre sur la terrasse et je suis tombée sur maman en train de remonter l'escalier, les bras chargés.

— Attends, je vais t'aider !

— Merci, ma puce, je n'en peux plus.

Je l'ai débarrassée d'un des plateaux. À l'odeur, il s'agissait bien de fromage.

Nous ne nous étions pas encore reparlé depuis la scène du matin et j'ai senti qu'elle hésitait un peu.

— Ça va, toi ?

— Oui.

Il était sorti tout seul, ce « Oui », ce n'était pas juste un mot pour la rassurer, il n'avait demandé aucun effort de ma part. Il avait jailli spontanément de ma bouche et j'ai pris conscience que c'était vrai. J'allais bien. Bien mieux que ces derniers jours.

Sandra est arrivée juste après maman. Elles se sont jetées dans les bras l'une de l'autre comme chaque fois qu'elles se retrouvaient. Je l'aimais bien, de tous les amis de maman elle était de loin celle que je préférais, la plus fidèle et sans doute la plus givrée. Elle ne s'était jamais mariée, disait qu'elle ne voulait pas d'enfants parce qu'elle ne voulait pas courir le risque que sa progéniture lui ressemble, avec son caractère de cochon, ça aurait été ingérable. Elle assouvissait ses instincts maternels en gâtant les enfants des autres et j'en avais souvent profité. On est allées mettre le fromage au frais, histoire de limiter les dégâts olfactifs, puis elles sont descendues s'attaquer à la décoration du jardin. Je les entendais rire aux éclats tandis que, assise sur les dernières marches de l'escalier, je guettais l'arrivée de Tom. Je n'ai pas eu à attendre bien longtemps, deux minutes plus tard je le voyais ouvrir le portillon du jardin. Il a levé les yeux vers moi et j'ai ressenti un drôle de truc, la même sensation bizarre qui m'avait mise hors jeu et hors du temps lorsque je lui avais sauté dessus pour l'embrasser dans la cour du collège.

Et puis il a levé la tête et m'a souri.

Tom m'a écoutée sans m'interrompre. Je lui ai tout dit, l'aveu de maman, mes pleurs, la conversation avec Mme Giffault, et j'ai conclu :

— Tu vois, j'avais raison, c'était bien Aymet sur la photo.

Il a juste passé son bras autour de mon épaule, sans rien ajouter. Il me connaissait assez pour savoir que, si j'avais voulu en dire plus, je l'aurais fait.

Ensuite, l'après-midi a filé. Sam nous a embauchés pour tartiner des canapés. Minuscules, les canapés. J'ai proposé qu'on fasse de grosses tartines, ça irait bien plus vite et ça ressemblerait moins à un jeu de dînette, mais ma suggestion n'a pas été retenue.

— J'ai promis à ta mère qu'elle ne regretterait pas la maison Fraysson, il faut que je sorte le grand jeu.

— La maison Fraysson ? a demandé Tom d'un air largué.

— Sam a foutu à la porte le traiteur que maman avait engagé pour la soirée.

Pour sortir le grand jeu, ça, il l'a sorti. Après les canapés pour Playmobil, il nous a fait assembler des brochettes de crudités sur des cure-dents. On a été efficaces pendant les deux premières heures, après c'est parti un peu en cacahuète. Quand les olives ont commencé à voler à travers la cuisine, Sam nous a chassés de la pièce. Heureusement pour lui, maman venait de remonter du jardin avec Sandra, il les a aussitôt recrutées. Pas de bol.

À dix-huit heures, Sandra était repartie chez elle s'habiller pour la soirée, elle avait proposé à Tom de le déposer chez lui pour qu'il puisse prendre sa douche et maman avait disparu dans la salle de bains. Sam s'occupait des dernières finitions en cuisine pendant que je l'encourageais du canapé, sans lever le petit doigt. Le calme était revenu dans la maison. J'en profitais avant la tempête. Quelqu'un a frappé à la porte. Il a bien fallu que j'aille ouvrir.

C'était Hervé. Soit il s'était trompé d'heure, soit il était très pressé de retrouver maman. J'ai eu un mouvement d'hésitation en le voyant, mais j'ai vite compris ce qui m'avait troublée. Il avait rasé sa moustache. Il se tenait sur le pas de la porte, les bras encombrés d'un énorme bouquet et l'air gêné de celui qui ignore si l'accueil sera bon. Je me suis empressée de le rassurer.

— C'est super !

— C'est vrai ? Tu trouves ça bien ?

— T'as dix ans de moins. Et je vois même pas ta cicatrice.

Ce n'était pas tout à fait vrai, la cicatrice était bien là, mais elle n'avait rien d'extraordinaire, une petite entaille qui remontait en haut de la commissure des lèvres, c'était plus anecdotique que repoussant.

Il a souri comme si je venais de l'élire homme le plus sexy de l'année.

— Tu crois que ça va lui plaire ?

— À maman ? Elle va adorer, j'en suis sûre.

Je n'avais pas eu l'occasion de discuter de la moustache d'Hervé avec maman, mais je connaissais assez bien ses goûts, je connaissais les acteurs sur lesquels elle craquait, nous avions parfois discuté des hommes qu'elle trouvait séduisants et aucun d'entre eux n'était équipé de moumoute labiale. J'étais certaine qu'elle tolérait la moustache d'Hervé sans pour autant y adhérer.

— Rentre. C'est pour moi, ces fleurs ?

Il a répondu, légèrement gêné :

— Euh, non, en fait elles sont pour ta mère.

Le pauvre, il était tellement en stress que son sens de l'humour s'était volatilisé. J'ai décidé d'arrêter les subtilités, je l'ai débarrassé de son bouquet et de sa veste et Sam s'est chargé de lui dégoter de quoi s'occuper dans la foulée, trop content de s'être trouvé un nouvel assistant.

Deux minutes plus tard, maman rentrait dans la pièce et nous étions de trop…

Chapitre 39

Je me regardais dans la glace. Ethel avait vu juste, la robe était faite pour moi. Jamais je n'aurais pensé dire ça un jour, mais je crois bien que je suis tombée amoureuse de ce morceau de tissu. Elle ne ressemblait à rien de ce que j'avais pu voir jusqu'ici. Elle était d'une sobriété étonnante, sans manches, un décolleté sage, une large ceinture un peu basse, mais sa simplicité apparente disparaissait dès que je bougeais. L'étoffe ondulait comme si elle avait été composée de milliers de plaques rigides et minuscules. Je semblais sortir d'un film des années vingt, il ne me manquait plus que la cigarette et le bandeau dans les cheveux pour être l'incarnation vivante de la fiancée du gangster.

Peut-être que c'était la raison pour laquelle elle me plaisait tant, cette robe, la fille qui me faisait face avait l'air de n'avoir peur de rien.

C'était la deuxième fois en deux semaines que je me décidais à enfiler une robe. La première fois, j'avais été jolie. Là, j'étais intimidante. Je me suis dit que l'effort en valait peut-être la peine. J'allais finir par y prendre goût.

Dans le salon, maman était seule. Elle s'est exclamée en me voyant :

— Mon Dieu, tu es magnifique ! D'où vient cette robe ?

— Mme Giffault est venue la déposer cet après-midi.

Elle s'est approchée pour toucher le tissu.

— Elle est somptueuse. Et elle te va à merveille. J'ai des chaussures qui seraient parfaites avec.

Lorsqu'elle est revenue en me les tendant, j'ai eu un mouvement de recul :

— Elles ont des talons…

— Mais ils ne sont pas bien hauts et ils sont très stables. Tu devrais pouvoir y arriver. Tu ne veux pas essayer ?

J'ai hésité, je me voyais déjà perdre l'équilibre tous les trois pas, mais je devais reconnaître que la robe que je portais méritait mieux que ce que j'avais en stock. J'ai décidé de tenter l'expérience, je n'étais plus à ça près. Elle avait raison, quelques allers-retours entre la salle de bains et la cuisine m'ont suffi pour acquérir une démarche correcte.

— Où sont les garçons ?

Elle a eu un geste en direction du jardin.

— Ils mettent en place le buffet, les premiers invités ne devraient plus tarder. J'allais leur donner un coup de main, tu viens ?

Elle s'est saisie d'un plat sur la table. J'ai reconnu les canapés sur lesquels Tom et moi avions passé une bonne partie de notre après-midi. J'ai pris le plateau de fromage, je l'ai reposé dans la foulée. Ça sentait le cadavre.

— Oui, je crois que je n'aurais pas dû acheter de munster. À l'air libre, ça sera sans doute plus supportable.

— Ou alors, on pourrait le mettre direct à la poubelle. Personne ne voudra approcher ce truc de sa bouche.

Elle a ri mais n'a pas tenu compte de ma proposition.

Je me suis rabattue sur la corbeille de fruits, c'était plus dans mes cordes, et on est sorties de la maison. De la terrasse, j'avais une vue d'ensemble sur le jardin et j'ai eu un mouvement d'arrêt en contemplant le décor. Sandra et maman avaient fait du bon boulot.

Nous arrivions juste en bas de l'escalier lorsque Tom et toute sa famille se sont présentés à la porte.

Timing idéal. Ou pas. Je ne savais plus.

Julie et Éric m'ont complimentée sur ma tenue tandis que Chloé et Élisa me tournaient autour comme si elles ne me reconnaissaient pas. Tom se tenait en retrait. J'ai senti la tension monter tandis que je cherchais son regard. Au moins, la corbeille de fruits me donnait une contenance, je savais quoi faire de mes mains. Quand les adultes se sont éloignés vers le buffet, il s'est enfin avancé dans la lumière. Il ne disait rien, mais j'ai vu que lui aussi était passé par la case « effort vestimentaire ». J'ai étouffé un rire nerveux. Il a cru que je me moquais.

— C'est un peu *too much* ?

— Non. T'es canon.

— Toi aussi. Encore plus belle que la semaine dernière. C'est papa qui a insisté pour que je porte ça, a-t-il ajouté en portant la main à sa poitrine. Je te cache pas que j'ai hésité.

Le « ça » en question était un gilet sans manches, assez classe à mon avis, porté sur une chemise blanche, avec un jean noir et des baskets. Ça lui allait vraiment bien, un petit côté « témoin du marié », chic mais pas coincé. Ce soir-là plus que jamais, il était beau comme un dieu, sauf que pour une fois je n'ai pas osé le lui dire.

Sam est repassé devant nous, il a sifflé et lancé au passage :

— Il y a du niveau ce soir !

Sa remarque nous a fait rire tous les deux et la tension est retombée d'un cran. Tom a proposé de lui donner un coup de main et Sam a accepté aussitôt, ils sont remontés tous les deux vers la cuisine. J'en ai profité pour aller me débarrasser de la corbeille de fruits et partir à la recherche de Mme Giffault, je voulais absolument lui montrer ma tenue et la remercier. Je l'ai vite trouvée, elle se tenait devant la véranda, à côté des buffets, assise dans son fauteuil fétiche que quelqu'un, Sam vraisemblablement, avait installé à l'extérieur pour qu'elle profite de la soirée sans trop se fatiguer. Elle trônait là à la façon d'une reine qui poserait un regard amusé et bienveillant sur sa cour. Bidule, allongé sur ses genoux, la tête posée dans le creux de son bras, ajoutait comme une touche de kitsch au tableau. Je me suis approchée, un peu nerveuse à l'idée de ne pas être à la hauteur du cadeau qu'elle m'avait fait, mais le sourire qu'elle a eu en me voyant a balayé toutes mes craintes.

— Splendide ! J'étais certaine qu'elle était faite pour toi.

— Je ne sais pas comment vous remercier.

— Tu n'as pas besoin de me remercier. Tu ne peux pas savoir comme je suis heureuse de la voir enfin ailleurs que sur un cintre.

— Vous l'avez portée souvent ?

— Une seule fois. Et ça a été la plus belle soirée de ma vie. Qui sait si ce ne sera pas le cas pour toi aussi ? a-t-elle ajouté avec un regard doux, un peu flou, et je n'ai pas eu besoin de décodeur pour comprendre qu'elle était plongée dans ses souvenirs.

Bidule a soudain levé la tête vers elle et gémi, rompant le charme. Ethel a posé une main sur son dos et il s'est aussitôt calmé.

— Il va avoir du mal à vous quitter quand Sam va repartir.

— Oh, en fait j'envisage de le garder. J'en ai parlé à ton oncle et il est d'accord, à condition d'avoir un droit de visite.

Elle a eu un petit rire espiègle, comme si le souvenir de la plaisanterie de Sam l'amusait à nouveau.

Sacré Bidule, preuve vivante qu'avec un caractère de merde et une tronche de perdant on pouvait quand même tirer son épingle du jeu. Comme quoi, il y avait de l'espoir pour tout le monde.

— Alors, on dirait que tout est bien qui finit bien pour lui. Pourtant, c'était pas gagné.

— Je ne pouvais pas faire autrement. Et puis, tu sais, d'une certaine façon il me rappelle Édouard, mon mari. En plus attachant quand même.

Chapitre 40

L'atmosphère était douce et la nuit commençait tout juste à descendre, accentuant les contrastes et donnant aux guirlandes de lampions l'allure d'une ribambelle de lucioles qui auraient élu domicile dans le jardin. C'était un peu étrange et très poétique. Sam avait décidé de passer du jazz et les accords de trompette résonnaient dans l'air. J'aurais préféré un bon vieux rock, histoire de me défouler la tête et les pieds, mais je devais reconnaître que son choix était nettement mieux adapté au contexte et au public, le genre de musique agréable à entendre sans vraiment avoir besoin de l'écouter.

Au milieu de la pelouse, face à la véranda illuminée, il avait improvisé une petite piste de danse installée la veille au soir avec des vieilles palettes en bois. L'idée n'avait pas enthousiasmé maman quand il en avait parlé, mais elle avait fini par se rendre à ses arguments et elle avait bien fait. Au son de la musique, Chloé et Élisa tournoyaient comme deux petits lutins, et leurs éclats de rire se mêlaient aux notes enjouées. C'était une soirée parfaite, la soirée d'anniversaire dont maman avait sans doute rêvé depuis que l'idée lui était venue.

Je l'ai cherchée des yeux. Elle se tenait en bas de l'escalier, pas loin du portillon, une coupe de champagne à la main. Hervé, à côté d'elle, la couvait d'un regard protecteur. Elle le présentait à tous les nouveaux arrivants et ça ressemblait à une officialisation. J'ai trouvé qu'ils formaient un beau couple tous les deux et j'ai songé qu'il allait falloir m'habituer à le voir dans les parages. Ça ne me dérangeait pas.

Je suis allée faire un tour du côté des buffets. Sam avait rempli son contrat, tout avait l'air délicieux, même nos micro-tartines. J'ai rempli une assiette et je suis partie m'asseoir un peu à l'écart, sur le petit muret qui prolongeait la véranda de Mme Giffault.

Tom est venu me rejoindre. Il avait l'air détendu et apaisé, je me suis dit que c'est comme ça que je voulais le voir.

— Tu danses ?

Je me suis revue aussitôt lors de ma tentative désastreuse avec Quentin, il y avait une semaine de cela. Rien n'avait vraiment changé et pourtant tout me semblait si différent.

— Je ne sais pas danser, Tom.

— Ça tombe bien, moi non plus. On n'a qu'à pas danser ensemble.

Il a tendu la main et attendu que je la lui prenne.

— On peut pas rester assis pour pas danser ?

— Si. Mais ce serait moins drôle.

Je me suis accrochée à lui pour me relever et on s'est dirigés vers la piste déserte. Il a mis un bras autour de ma taille, un geste qui pouvait passer pour amical. Mais qui pouvait aussi passer pour autre chose. J'ai observé machinalement.

— Il n'y a pas de public à convaincre ce soir, tu sais.

— Alors on sera sages.

— Dommage.

Je ne sais pas pourquoi j'ai dit ça. C'était sorti tout seul, comme si je l'avais vraiment pensé. Tom n'a pas réagi et je me suis dit qu'il n'avait pas entendu. On est arrivés sur la piste, bien seuls, exposés comme deux mannequins dans la devanture d'une vitrine. J'ai vérifié que personne ne regardait. La musique qui passait était tout à fait le genre de truc que je n'écoutais jamais, un air entraînant et léger, parfait pour animer une soirée dansante en maison de retraite. Pas désagréable, mais pas vraiment ma tasse de thé. Tom a hésité :

— On danse ça comment ?

— Je croyais qu'on dansait pas.

— J'avais oublié. Dans ce cas, on fait ce qu'on veut.

Il a posé ses mains sur mes hanches et m'a ramenée vers lui. Tout contre lui.

— Pas le tango, je t'en prie, ai-je marmonné en rigolant déjà.

— À vos ordres.

Et il a fait exactement ce que je redoutais, il a passé un bras derrière mon dos, puis m'a fait partir en arrière, je n'ai pas eu d'autre choix que de m'accrocher à ses épaules. Je me suis laissé entraîner, je lui ai permis de mener la danse, au propre comme au figuré.

C'était exactement ce qu'il me fallait pour oublier. Je riais et j'étais bien. J'avais cinq ans, voire trois. On a dansé comme ça pendant un petit moment, comme deux gamins qui font n'importe quoi, puis la musique a changé. Des notes joyeuses de la trompette, on est passés sans transition à un air nettement plus langoureux. Un saxophone ou un tuba, je n'étais pas certaine de l'instrument, mais ce que je savais, c'est qu'il émettait des sons à la limite de l'indécence.

Instinctivement j'ai regardé vers la sono, Sam se tenait là, un grand sourire aux lèvres, l'air très content de lui. Pas vraiment subtil comme manœuvre. Je lui ai tiré la langue et j'ai lâché la main de Tom. J'ai envisagé le repli stratégique, rester sur cette piste, avec cette musique, aux yeux de tous et en particulier de ceux qui me connaissaient le mieux, ça me semblait dangereux. La surexposition n'avait jamais été mon délire. C'était compter sans Tom : il était nettement plus joueur que moi.

— Attends.

Quelque chose dans sa voix m'a arrêtée net. Un voile, une gravité inhabituelle mais qui lui allait bien. J'ai tremblé un peu, me suis demandé pourquoi.

— Celle-là, j'aimerais la danser vraiment.

J'ai cherché un truc drôle et décalé à répondre et j'ai séché complet. Il m'a repris la main et a ouvert l'autre bras, dans un geste d'invitation. J'avais le choix et, parce qu'il m'avait laissé le choix, j'ai compris que j'en avais envie, malgré les regards sur nous, malgré le côté guimauve, malgré moi et ma façon d'être.

Alors nous avons dansé pour de vrai. C'était risqué, on ne monte pas sur le grand huit quand on a le vertige. Tom n'a rien dit, la distance entre nous deux était juste assez grande pour qu'on puisse se regarder droit dans les yeux. Ça aurait pu être gênant, mais non. Je pourrais raconter plein de choses. Que le monde autour s'est effacé, que mes genoux ne me portaient presque plus et que la main de Tom posée sous mon épaule, ses doigts effleurant l'endroit où mon cœur battait comme un fou furieux, j'ai enfin compris.

Les papillons avec Alex, c'était du crachin breton. Là, j'avais droit à l'orage tropical.

Ce n'était pas romantique. C'était terrifiant.

Mon petit cœur de pierre s'est effrité à la façon du crépi sur un vieux mur exposé depuis trop longtemps aux intempéries. Dessous, il n'y avait pas le vide ou le néant comme je l'avais toujours craint, il y avait un cœur tout neuf, peut-être encore un peu fragile, mais qui battait bien plus fort que l'ancien.

Au bout d'un moment, j'ai fini par poser mon front sur sa poitrine et j'ai soufflé :

— Comment tu peux être aussi calme ?

Il n'a pas répondu tout de suite, mais le silence qu'il a laissé planer n'avait rien de gênant ou de pénible. Quand il a fini par me répondre, j'ai entendu le sourire dans sa voix :

— Parce que je savais que ça arriverait.

— Merde. Moi j'ai rien vu venir.

Il a approché sa bouche tout contre mon oreille et a murmuré :

— Tais-toi ou tu vas finir par gâcher cet instant.

Pour une fois, j'ai décidé de lui laisser le dernier mot.

Épilogue

Lorsque nous avons à nouveau eu cours de SVT, je suis entrée dans la salle avec ma légèreté retrouvée, j'ai suivi le cours comme n'importe quel autre, j'avais juste envie de sourire de temps en temps, lorsque je pensais à ce que je m'apprêtais à faire à la fin de l'heure. Quand la sonnerie a retenti, j'ai dit à Tom que je le rejoignais tout de suite, puis j'ai attendu que tout le monde s'éclipse et je me suis approchée du prof.

— Oui, Marion ?

J'ai sorti le cadre de mon sac et je le lui ai tendu sans rien dire.

Il y a jeté un coup d'œil intrigué et a éclaté de rire presque aussitôt :

— Où est-ce que tu as déniché ça ?

— Chez une coiffeuse.

— Une coiffeuse ? a-t-il répété, perplexe.

— Mme Gimenez, elle avait un petit salon près du campus, rue des Mimosas.

— Oh oui ! Je me souviens d'elle ! C'était la seule coiffeuse que je pouvais me payer à l'époque. Et encore, je n'y allais pas souvent. Je me rappelle qu'elle m'avait demandé l'autorisation de me prendre

en photo pour m'accrocher à son mur. Elle était vraiment gentille. Elle n'a pas pris sa retraite ?

— Si.

— Comment est-ce que cette relique a atterri entre tes mains ?

— C'est une longue histoire, un concours de circonstances. En tout cas, je vous ai reconnu tout de suite.

Il continuait à contempler son portrait, avec ce qui ressemblait à une pointe de nostalgie dans les yeux.

— Tu sais que je n'ai quasiment pas de photos de cette période de ma vie ? On courait partout, on avait des milliers de trucs à faire, on pensait pas vraiment à se prendre en photo. Votre génération, c'est différent, avec les portables.

J'ai acquiescé :

— Je dirais même que c'est l'inverse. On fait que ça, se prendre en photo, se filmer. Je vous l'offre. Je n'en ai pas vraiment l'usage.

Et j'ai tourné les talons sans lui laisser le temps de me répondre.

Tourné les talons et tourné la page. J'allais de l'avant.

Parce que, si je voulais démarrer un nouveau chapitre, il fallait que j'arrête de me focaliser sur le début du livre.